INK

文學叢書

147

霧中風景

賴香吟◎著

目錄

清晨茉莉

多年之後，在我婚禮的這個早晨，我仍然記得，小姑姑出嫁的那天，季節不過仲春，陽光中卻有了盛夏的氣息。

「日頭赤豔豔呵！」母親在房裡喊著我：「花不澆點水要死光光囉！」庭院的花草在炫目的烈日中狀甚飢渴，我順手摘下枝頭幾朵殘存茉莉，想將鮮花送給閨房裡待嫁的新娘。

再過幾分鐘，我的朋友或即將到齊。他們應我之請，開了自己的轎車，和我一道前往豐原迎娶新娘。在十一點十分，事先安排過的吉時，我們必須趕回此地。這些朋友大都是我的同學或工作夥伴，他們多已成家；我的婚事讓他們很欣慰，因爲過去的生涯中，我不定的性情與怯懦的心志一直使他們操心。此刻他們圍著看我的結婚照；一整組花了巨資在名婚姻廣場所攝的照片，各式各樣的姿態，朦朧的燈光，華美的禮服，將平凡的我們襯托得十分甜蜜浪漫。

大家幾乎等不及要見我的新娘，他們之中沒有人曾見過她。但他們爭相揣測著她的容貌、她的性情，並再三取笑我即將來臨的婚姻生活。我在喧鬧中想著我的新娘、我的妻子；坐在梳妝檯前的她的容貌，似乎隨著她的性情與即將來臨的婚姻生活而一片朦朧。

映在鏡中的是小姑姑的容顏，僵著一頭二嬸剛帶她燙回來的新髮型，臉上打過一層薄薄的粉底，掩不住鼻樑上幾顆零星的雀斑。

我站在嬸嬸身旁，好奇的看她打理那些衣服首飾。姑姑轉頭望著我笑；雪白的臉孔鑲著空洞的眼神。

「姑姑今天好漂亮。」把茉莉花放在她的掌心上，我仰頭說。

她拿起一朵茉莉湊近鼻前嗅了嗅，如往常那般愉快的微笑起來。沒有人知道她爲什麼喜愛清晨新摘的茉莉，她甚至連這花的名字也說不出來，只是經常吵著要那小小白白的花兒。

我知道我的新娘不算美麗，但這不能怪她，因爲我是如此瘦弱蒼白。「她很中意你呢！」母親說：「還算溫婉的一個女孩子，你不要再使性子了。」

我不知道她眞正是中意我，還是像我一樣只剩下了沉默。在我們僅有的幾次會面中，大都是在公園的角落裡坐下來，零落的話語與我無盡的煙霧。

她偶爾會問我一些事情，但這對她實在是毫無幫助的。我的過去，對大多數人而言，貧乏得像張白紙。沒有任何理所當然的歡樂或痛苦，沒有任何特殊的事件或遭遇；我一直是這個樣子，沉默、羞澀、沒有明亮的笑容。

也許我的未來可以做些改變，這可能就是旁人對我的婚姻所賦予的意義。

我看著她。她在這樣的願望中將被安排與我發生親密且長久的關聯；從她問話的眼神中，我可以看得出來她的不安，她想弄清楚我這樣的一個人以估量她未來的風險。

但這對她實在毫無幫助。我所能夠告訴她的，一如我能夠告訴大多數人的，只是一些基本資料和浮光掠影的自我敘述，我看著她困惑的神情在我零碎不經意的話語中奮力穿梭，心中一如往常充滿不忍與無奈。

黃昏的時候，天際最後一抹霞虹褪盡，親友洗淨鄉野的塵埃，逐漸聚到這庭院裡來。

懸架的燈泡逐一的點亮了，招來成群的草蚊在光暈中飛舞。廚房吐著濃而香的煙霧，熱鍋也不時彈跳起爆炒的火舌。飢腸轆轆的小弟把我從房裡拉出來，坐在門檻上盯著各式菜餚，坐立難安。

「來，跟你們的新姑丈問好。」父親及二叔走過身邊，我被拎著站起來。一個和二叔差不多年紀的高大男人站在我面前，疙瘩滿布的臉上有著聳動的笑。

「是老大嗎？」他粗大的手掌往我頭上一揉，語音裡滾動著我聽不清楚的外省腔。

「嗯，長得不夠高呢！」轉頭看了一眼我羞怯的模樣，父親惱怒的用閩南話斥責我說：「不會喊姑丈嗎？」

我埋頭喊了一聲，這個新姑丈扯開喉嚨大笑起來。我看著他的粗手在股間來回搓揉，心中對這個笑聲難聽的男人忍不住有點厭惡。

幸好客人已經慢慢到齊了，燃響長串鞭炮之後，大家都盡興吃將起來，我草草吃了一些，眾多賓客讓我有些不自在，我一心一意只等著新娘新郎出場的時刻。

突然間，席間騷動起來，小弟興高采烈的拉著我喊：「姑姑，小姑姑吔！」

一襲白紗罩住小姑姑嬌瘦的身軀，裙邊灑落一地蕾絲。她那裸露細削的肩，在燈光下雪白晶瑩得彷彿沒有一絲血色。

我呆望著小姑姑那濃妝的臉孔，她似乎是被這陌生且龐大的場面嚇住了，驚慌的眼神沒有一絲笑容，徒留腮邊一抹紅豔飛入眉梢。

眾聲喧譁，爺爺在新人旁說完賀詞，執起酒杯一飲而盡，眾人一陣熱烈掌聲。

我注意到小姑姑在此刻眨眼笑了笑。她身旁的男人，我的新姑丈，伸手要去挽她，她卻緊握著拳頭不肯鬆開。幸而奶奶在一旁附耳哄了哄她，她掰開小姑姑的手，一些黃顏色的細片在空中飄落。幾個眼尖的鄰人低聲揣測著那是什麼奇異的東西，只有我十分清楚的明白，那正是早上我摘給姑姑的茉莉，入夜已經枯萎的茉莉。

我將去挽她的手嗎？

朋友們笑鬧著要我在宴席上親吻新娘，夜裡的新房也被描繪成縱樂的天堂或原慾的競場。

我將去挽她的手嗎？

我難以想像我蒼白的唇貼上她那妝後鮮紅的唇；我的心神如此之遙。

敬酒時，小姑姑沒有跟著出來，只有爺爺和父親陪同。

新姑丈的酒量似乎不錯，爺爺總是拿個酒杯裝模作樣，眞正喝酒的都是姑丈。他站在一旁聽著爺爺和賓客的賀答，不停陪上憨厚的笑，待離桌前便恭敬的把杯裡的酒喝乾。

「多謝各位今天的捧場。」一行人來到我這一桌，爺爺說：「薄酒不成敬意。」

「多謝、多謝。」姑丈執酒喝盡，用笨拙的閩南話向賓客致謝。衆人紛紛站起來答酒，並且好奇的打量這位新郎倌。

「哦，小朋友沒酒喝。」轉頭看見正把玩著空杯子的我，姑丈似乎是故意提高了音量，想爲這樣的場面製造些什麼趣味。

我被他的喊聲嚇了一跳，楞視著他。

「來，喝一杯沒關係吧！」他向父親要來酒瓶，在我杯中倒了八分滿：「是老大呢！」

幾個聽懂國語的鄰人捉糗的笑起來，我偷偷瞄著父親的眼光。

父親點點頭，我只好硬著頭皮喝了一口，馬上被嗆住了，好苦。

眾人一陣大笑。

「別急、別急。」傾著喝盡的酒杯，姑丈用那種令我厭惡的笑聲說：「慢慢來。」

在眾人注視下，我好強的喝完剩下半杯，喉頭一陣火辣燒得我頭暈目眩。姑丈走過又揉了揉我的頭：「嗯，勇敢的老大。」

後來喜宴究竟是如何結束的，我已記不得了。隔天清晨醒來，我覺得一陣頭疼，昨夜一切彷彿是場大夢。我到廚房跟母親要冰水喝，順口問道：「小姑姑回來沒？」

「你姑姑都嫁人了，還回來做什麼？」她在我手臂上使勁一捏：「小孩子不會喝酒愛逞強！」

我的記憶在疼痛中逐漸聚攏起來，我回想起婚禮種種。姑姑那如夢般的笑容在燈火人群中浮升上來；今晨她是醒在某個陌生的所在了，清晨喜歡出去閒逛的她會認得路回去嗎？我踱進院子，望著枝頭殘留昨夜爆竹的茉莉花叢，在心底暗暗的想。

在我們僅有的交往中，我曾經努力的想像過我與她接觸的可能性。也有那麼幾次機會；幾乎是她強烈的暗示了，我們的接觸是那麼輕而易舉。但是我不能；我的心神如此之遙。感官的潔癖使我無法想像與一位陌生的人，一位陌生的女人，一旦肌膚相親會有何種的顫慄。我以沉默拉開距離，我甚至不曾挽她的手或攬她的肩，我明白，在一段時日過後，這幾乎使她感到挫折。

她的挫折轉化爲對我不斷的發問與探索。我原本以爲這所有的困惑將使她知難而退，但年近三十，姿色並不出眾的她，顯然將心中有關我的形象，在生活的幻想中簡單的高貴化了。

「也難得有人看得起你這死性子的，」我的母親在夜晚叨唸著我；她有什麼話總是透過我母親來轉述的：「人家不嫌你寒酸也就罷了，還說你老實，又樣樣想得多呢！」

就這樣，隨著她到我家作客次數的增多，事情的發展似乎理所當然。我企圖以我與她之間的生疏來解釋，但她卻更能以溫婉的言語來向外人證實她對我的了解。我的父母十分喜愛她，就連我也幾乎要為她那奇異的女性作風感到茫然。

我並沒有太多與異性相處的經驗，在同儕中，就某一角度來說，我瘦小的身軀、蒼白而長不出鬚的臉頰，在朋友呵護下，也幾近體會了異性的滋味。然而隨著人事增長，我的朋友漸漸忙於事業，也各有所歸，世事愈加侵襲著我敏感易挫的心靈。但矛盾的是，因年齡的增長，複雜的心事卻反漸成羞以啓齒的祕密。

「三十歲的男人哪還有閒工夫談心事？」我的朋友這麼說。

「那忙些什麼呢？」

「呵呵，事業與家庭就夠瞧的了。」

我的雙親日日以殷切的眼神數落我，我的工作在委靡的神色中欲振乏力；我無法解釋這一切。

我答應這樁婚事。

時間太容易使生活平靜下來，我慢慢在夏日的嬉戲勞動中，淡忘了小姑姑曾在我心上掀起的漣漪。

姑姑的出嫁，對我們這個大宅子裡的親人來說，多少減輕了一些負擔。農忙季節來臨，各戶親戚在自家田地裡忙得筋疲力竭，所有招呼談笑顯得倉促隨便。姑姑的出嫁便也難免使得宅子裡的親情生疏了些，她的健康與行蹤不再是共同關心的話題；像任何一個出嫁的女人一樣，大家把她的成長與幸福放逐在那個未知的家庭裡。唯有奶奶仍然不時掛念這個在她眼中只是長不大、不懂事的么女，經常要人陪她上山去看姑姑。

我第一次和奶奶上山去探望小姑姑是在一個酷熱的夏日午後，距離婚禮大約過了月餘。

響遍山野的蟬鳴吵得人心煩氣躁，滾燙的路面也幾乎要燒溶了我的腳掌。走過最後一家雜貨店約莫十幾分鐘，隔著樹蔭，我好不容易才看見小姑姑坐在門檻上發呆。

她變了好多。

不知道是因爲她身上零亂的穿著，還是因爲我心中早已將她歸類爲一般村婦應有的模樣；總之，與原本在我眼中純淨的少女形象相比，婚後的姑姑一下蒼老許多。在那張沾著汙垢的臉龐，我看到的不再是失神的純眞，而是令人不耐的癡呆。

我爲自己的想法感到震驚，那是我第一次懂得別人看小姑姑的眼神。

多年前婚禮那場宿醉彷彿直到此刻乍醒，我回想起那粗糙水泥砌成的小屋；它在豔陽中泛著虛浮的亮光，漫天灰塵如遊魂般在屋裡飄蕩，餐桌上的殘菜剩飯引來好些蒼蠅在上頭倦怠的打繞。

我發慌似地逃離那屋子，奶奶在身後喊著要我爬上山坡去找姑丈。

他在屋後工作，肩上搭著毛巾，埋頭鋸木板。這是一片剛伐去竹林的平坡，雜亂棄著各式各樣的工具和木材。我望著他赤裸且黝黑的後背，怯怯的喊了一聲。

「哦？小朋友。」轉過頭，他驚訝的說：「你怎麼來了？」

「我來看姑姑。」按捺住陌生的畏懼，我忍不住好奇的問：「你在做什麼？」

「蓋房子啊！」他擦擦汗，用說故事的口吻說：「蓋一間又大又舒服的房子啊，下面那間太小了。」

「為什麼你不到山下去和我們住在一起？」我問。

「我是娶了你們家的人呵！小朋友。而且，我實在聽不懂你們說些什麼。」

「為什麼呢？你從很遠的地方來嗎？」

「是啊，夠遠了，出門買一瓶醬油就被船送到這裡來了……你一個人來嗎？小朋友。」

我搖搖頭：「還有奶奶。」

「哦？怎麼不早講呢？」

他迅速收拾好工作，並由蓄水池裡掬水抹了把臉，下坡的時候，他將我攔腰一抱便舉到肩上，驚慌的我還來不及回神，便重新置身那屋子裡聽著他們各自混淆的言語，小姑姑仍是在一旁飄著迷濛的笑。

「要多照顧她，」我翻譯著奶奶的叮嚀：「不要讓姑姑在山裡迷了路。」姑丈邊聽邊點頭，其實他多少聽得懂閩南話，好幾次，不待我說，他就已經明白奶奶的話意。只是他那鄉音濃厚的閩南話，奶奶怎麼皺眉瞇眼還是搞不懂。

「入了八月，這沿路上來的龍眼就可採收，到市場去會賣個好價錢。」他談起家裡的經濟狀況，這也是奶奶一直關心的問題。她一直認爲這個么女跟了這樣一個一無所有的「老芋仔」是註定要吃苦的，她經常要身爲長子的父親多多注意這個小妹的情況，有好幾次，我也看見她從腰纏裡掏出些什麼來。

「柑桔到了秋天也差不多了。」姑丈又說：「這些果樹只要不鬧災荒，是很夠生活的。」

我回想方才上山來的小徑兩側，那齊人高的綠樹垂著青澀的果實，也許就是他說的柑桔吧！屋前零星幾棵龍眼樹也結滿纍纍的果實。

「這些地都是你的？」我吃驚的問，心中想著那醬油瓶飄洋過海的神話。

他搖搖頭，指著屋後的山坡說：「只有這間屋子和後面蓋的那一小塊，呃，還欠著你們家的債呢！」

「你一個人要蓋好那間房子？」

他笑起來，如婚禮上那樣揉著我的頭說：「不難，小朋友，等你長大了就知道蓋間房子不難。」

我吃著膩而無味的湯圓，這是此地的習俗。她的父母，我未來的另一對雙親，坐在我對面和我談話並招呼同來的朋友們。

「很忙碌的一天呵，」她的母親說：「我看你有點緊張。」

我陪著笑，不知說些什麼，而我的朋友卻在一旁鼓譟起來。

「當然緊張囉！一生只當一次新郎倌呢！」

「我們小崔在朋友間從沒有這麼風光過，他生性拘謹。」

「是啊，」她的母親在七嘴八舌間微笑：「現在這樣的人眞是不多了。各位，再吃點湯圓吧！沾點喜氣。」

牆上新掛上了我與她的結婚照，我看著她的笑容和我的眼神，嘗試在這樣等待的情境中揣想我們談話的可能。

我彷彿聽見細若游絲的聲音。

她的房門輕掩，鮮紅的囍字裡藏著她如多年前小姑姑那樣盛妝的容顏。

她在伴娘的攙扶下走出房間。我的朋友再度喧譁，她的雙親對我微笑。

她走向我。

鞭炮砰然炸響，我驚慌的尋覓那細若游絲的聲音。小姑姑纖弱的身影與笑容在炮聲中碎落，那聲音也隨之遙渺；在婚禮過後，因為深居內山及語言隔閡的緣故，我那原本就言辭遲鈍，細聲細語的小姑姑更是幾乎完全喪失了說話的能力。

在祝福的簇擁下，我走向禮車。

那年冬天，我又去看過一次姑姑，心中惦記的無非是那間奇妙的半成屋。

沿路果樹果眞如姑丈所說掛滿了金黃的柑桔。冬意在這山上似乎特別的深，層層山峰盤繞霧氣，像是隨時都要下雨；小姑姑裹著厚重的冬裝，我將沿路摘來的野花放在她的手心，她咿咿唔唔的笑起來，花朵散落在她隆起的小腹上。

姑丈已經在修築屋子的內部。我上去時他正在挖掘山壁，想鑿出一個小通道。這麼冷的天，他只穿一件長袖棉內衣，揮著圓鍬，額頭上還不時滲出幾顆晶瑩的汗珠。

我蹲在一旁打量這屋子，木床上懸吊著破舊的帳與被，也許是他偶爾睡這裡所用的，架子也擺了一台舊電視和幾朵沾塵的塑膠花，廚浴等雖簡陋，卻也樣樣具備。最令我感到有趣的是走道的樑木上都高架著一只玻璃杯，我原本以為那是用來盛裝漏雨的水滴，後來才知道這是夜裡點煤油燈用的。

「沒有電燈嗎？」我大為吃驚。

「就快有了，我要想辦法從下面接上來，到時候就可以看電視囉！」他又皺著眉說：「倒是水才是大麻煩呢！」

他引我走過那正在修鑿的通道，出去後竟然是另一片傍著屋頂的平坡。他把屋頂上的濾網蓄水池指給我看；池裡擱著一片呆滯的淺水，北風越坡而來，吹得兩旁竹林颼颼作響，幾片發黃的竹葉隨著跌落在那灘淺淺的水面。

「這個冬天的雨水太少了。」他撿淨了池旁的殘枝敗葉，佇立風中這麼說道。

我看著寒風將他單薄的衣裳吹得鼓脹起來，山，眞是靜極了，除了雲霧的飄移，幾乎感覺不出任何騷鬧。我站在這高處的山巓眺望遠方，淒寒的冬意不禁使我的內心有些瑟縮。我豎耳想聽聽坡下屋內的動靜，但除了風聲，只是一片死寂。

我不安的看看姑丈，他似乎一點也不冷，專注的望著前方，不知想些什麼。在那個片刻，我初見他時所感到的厭惡與排斥，不知何故，竟變得十分輕淡了。我彷彿開始習慣這個高大魁梧的男人，我不再經常想起小姑姑從前的模樣；和我的家人一樣，我把原本對小姑姑的憂慮或關懷統統交卸給他，而不再將柔順乖巧的她視爲我童年的嫁娘。

艱苦的一切彷彿將過去，我看著這間即成的屋子，想像姑丈健碩的身影整個夏天在這裡揮汗工作的情形，想像日後他們居住的景象；那時我多麼希望自己能趕快長成像姑丈這樣強壯勇敢的大人，用汗水爲自己打造一幢房子，或是更多。

「姑姑要生小孩了嗎？」我問。

他點點頭，臉上神情卻是我意料外的冷峻。

我們走回屋內，木窗台上吹進來層層風沙，姑丈拂了拂，依舊望著窗外發呆。

氣氛一下子沉悶極了，我不安的指指屋前平台說：「可以在這裡種好多茉莉花。」我以傾訴祕密的口吻說：「姑姑最喜歡茉莉花了。」

「哦？她還會欣賞花嗎？」姑丈突然喃喃自語的悶聲說道：「我真怕她給我生出一個瘋兒子。」

我知道我的婚姻將以我為中心，而衍生出許多我終生無法解脫的關係與責任；我的妻子，我的子女，以及眾多的親情。

她在車內將戴著白手套的手置於我的膝上，我明白她對婚姻有什麼樣的期待。

她曾以悲沉或誇飾的口吻向我訴說她貧苦的成長生涯，也曾抱怨成年之後在人世所遭逢的冷暖；她經營著她關於人生的夢想，她甚至羞澀的說，她想要一對子女，給他們所有她未曾擁有的。

在她的眼神中我明白，婚姻與兒女成爲她完成或撫慰自我的最後方式。

面對這樣的願望，我卻難以把握自己是否能信守婚姻的承諾。我無法想得太多，否則我總是會想到我在某個寂靜的夜將如鬼魅般消失於這個未來的家庭，而清晨醒來的她將因這最終的挫折伏在枕上嚶嚶啜泣。

車子滑下高速公路進入台中市區。離婚禮的時刻愈來愈近，我眞是無法想得太多。我不禁希望自己如同許多年輕男子一般對婚姻存有基本且強烈的慾望，那麼，我便可以愉快且迫不及待的完成婚禮，陷入那昏沉沉的夜。

然而，我的心神如此之遙。

我依然沒有任何慾念，對身旁這個爲榮耀我而美麗綻放的軀體，我忍不住感到愧疚。

我看他彎下高大的身軀在冰箱裡找食物，姑姑已經恢復平靜坐在床上玩弄棉絮；我爲自己目睹這個家庭的情境而感到難爲情。

「說來不怕你笑，現在什麼事幾乎都得自己做了。」他轉頭看一眼他的妻子，嘆息著說：「當初我實在沒想到你姑姑的病會愈來愈嚴重。」

在那樣慌亂的夢魘中，我的小姑姑依舊爲姑丈生下另一個女兒，但她的神志顯然在生產的痛苦中更加紊亂了；若非前去幫忙的母親特別留神，那新生嬰兒幾乎要被纏繞在那帶血的臍帶中窒息而死。

奶奶去世的那一年，宅子裡謠傳著流年不利的噩耗。八月颱風天，父親的菜苗全被洪水捲走，山上正待採收的果樹，在暴風雨中盡被淹沒於泥漿之中，姑丈那奔波搶救的身影在狂雨的山林間消失不見。

我們在泥漿裡找到他的屍體，從那狂風肆虐過的木屋角落裡抱起蜷縮的小姑姑。沒有人願意多說什麼，在那樣困難的季節裡，喪葬費不是一筆容易的支出。
棺木在正廳裡停放了約半個月，爲了看吉日的緣故；這也許是姑丈在這個大宅子裡停留最久的一次吧！大人們愁苦的臉色，喪事鬼魅的氣息，使得平日笑鬧的孩子噤聲不語，偶爾只是跑過小姑姑散亂的身影。
引度亡魂那天，淒苦的樂聲飄進宅裡每間廂房，三個裝束奇異的女人隨樂曲在棺前跳舞，要將姑丈的魂魄逐關領至安樂之境。我聽著那吟唱的經文，心想終生仍聽不來閩南話的姑丈會在這儀式中得到安息嗎？載著他來到這片土地的醬油瓶會再度陪他歸回遙遠的故鄉嗎？
原本蹲在棺木旁焚燒冥紙的小姑姑突然輕聲發笑，含糊說著已經沒有人聽得懂的話語。那道姑們顯然被干擾了，神色尷尬地皺了皺眉。我的母親趕緊靠過去安撫小姑姑，但沒什麼用，她對著棺木又哭又笑，將燃燒的冥紙四處散丟，身旁的小孩被火給燙著了，哇一聲地哭喊起來。
「荒唐！」父親低聲斥罵：「把她帶回房裡去吧！」

幾個人把小姑姑架走了，度魂式繼續進行。我擔憂著在暗房裡哭泣的小姑姑。過去幾天，喪事忙碌，她就經常這樣被鎖在房裡，有時沉靜、有時嗚咽。我打開房門，昏暗中我看見她晶瑩的淚水。

蹲在她的膝前，我輕輕拭去她臉頰上的淚。在極度的不忍中，我如童年那般微仰著頭，逐一以指尖滑過她的眼、鼻、唇，然後停在那弧度優美的頸項上。

我感覺到她輕微地顫抖，驚慌過後，她再度哭鬧並且不停捶打我。我沒有阻止她，眼前晃動著她雪白的頸與胸；她的狂亂是那樣捶打著我敏感性情裡的痛楚。

我忍不住去解她胸前的衣，赫然發現雪白的乳上布滿新舊不一的齒痕，我憐惜地去撫摸那些傷口，而她竟猛然將我擁入懷中，放聲大哭。

驚恐中，我年少的身軀感到前所未有的興奮，我不知所措，而且，我極度害怕自己。

在她溫熱的淚水之中，我第一次狠狠地推開了她。

我的妻子將永遠無法了解深嵌在我生命底層的寂寞印象。

此刻她正頷首聽著我母親的叮嚀，胸前沉甸甸的首飾是所有婚姻的期盼，而她那雪白的胸將在今夜之後，陷我於深沉的夢境之中。

我的弟弟三年前在車禍中去世，面對殷切的雙親，我別無選擇。

但我沒有把握。

這樁婚姻所有的愛意即是我終生的歉意。

燈光漸漸點亮，我的喜宴，在多年前，或在此刻，即將開始。

一九九〇年

應該放棄其他藉以言說的對象……。

（不要追索眼見爲憑的眞實。）

（一切畫面都來自心靈的印象。）

他終於願意讓我爲他畫像。他坐下來。

「你明白繪畫的本質仍然是爲了表現眞實嗎？」

「眞實？」

「是的，眞實。」

「這不是陳腔濫調嗎？」

「不，不要如此傲慢。」他說：「這是不變的道理。」

「不是僅僅眼見爲憑的眞實，是在那個畫面中你所感受到的眞實，也是因爲這樣，所以你才會渴望表達那個畫面。」

我看著他的臉，他的線條，他的光景，他肌肉裡的語言，湖水般地浮現在我眼前。我一筆又一筆將那些觸覺刻進我的素描簿。他的眼睛是銳利的，不，是溫柔的，不，就是因爲我無法簡單地述說出它，所以我才去畫它，我將知道它是什麼。

眞實——紅色的童年風箏騰空捲走，我站在原地，只是目送，但焦躁的狗兒還在一路追趕失手的線索——

阿卡在門後吠起來，沈老師推開門，沈先生忽地站起來換了一個姿勢。

一切都消逝了。

把水果放在桌上，沈老師走近我身邊問：「你在畫什麼？」

（不……）我把素描簿藏到身後。沈老師愣了一愣，硬是伸過手來取。

「不！」我大喊一聲：「不要！」

素描簿被扯破了。

沈老師撿起地上的素描簿。我如同戰敗似地癱坐在那裡不再掙扎。

（我的素描簿……）

（整本畫滿沈先生畫像的素描簿啊……）

愛麗思夢遊仙境

愛麗思，昨夜我見著你，你在樹下作夢，舒坦著無邪的臉孔。

然後醒來你發現自己已經不再是自己，你不再是個小女孩，然而卻還淌著真情的淚水，不斷地問我為什麼。

愛麗思。我撫著你的臉頰回答你：一切都改變了，然而這是理所當然的，愛麗思，只有童話裡的夢境才會醒來一如以往……。

你搖頭，再搖頭，不肯相信我，且說我們都騙了你。

〔甲〕殘局

這是很多年前就已經開始的故事。一個有關愛麗思夢遊仙境的故事。我在其中逗留許久，夢境愈陷愈深，抽身之際時序已經入秋了，日暮晚涼，愛麗思看來這樣蒼老。

初始其實是個熱鬧的故事，很多人很多枝節很多場景，夢遊仙境的愛麗思，糊裡糊塗掉入一個拍攝灰姑娘辛朵蕊拉的片場之中，然後優渥的愛麗思就成了那個苦命女，等待魔法把她變成幸福的公主。

馬車呼拉拉地跑著，午夜鐘聲結束了短暫的幸福，辛朵蕊拉回到樸素的自己，唯有玻璃鞋留在夢想的那一端。

（王子很快就要來了吧。）愛麗思早已熟讀這個童話，她毫不懷疑地等待著，以爲角色演來輕易。

然而魔法怎樣也不來。沒有捧著鞋的王子來。

（這是一個拍給成人看的童話。）故事裡的導演神氣地提醒我：（一部攪亂童話的寓言。）

愛麗思繼續疲乏演出夢境裡的辛朵蕊拉，她漸漸明白那隻玻璃鞋是永遠被留在魔法彼端了，她得爲此付出代價。

愛麗思呀愛麗思，我很愧疚，現實中我是那不成事的編劇，我給你起了頭，也早給你想好了結局，但是，這麼多年，斷斷續續，我從沒有寫好順當的路途給你行走，經常是臨場派給你一個角色，幾句對白，便要你立即進入狀況。你經常哭泣，說你不是當演員的料子，但這其實不是你的錯，而是錯在我這引你走上舞台的人。

（爲什麼標題愛麗思而內容卻是辛朵蕊拉？）你曾這樣問我。

我支支吾吾說了一堆道理，你還是搖頭，喪氣地說：（連你都不明白叫我如何是好？）

我有些吃驚，你已看穿我的徘徊嗎？（也許這故事眞叫人糊塗……）我只好低低地說下去：（不，是童話故事本來就叫人糊塗，特別是當你知道世界並不是這麼一回事的時候……，特別是你爲了尋找希望才去書寫的時候……，哎，我和你聊這些做什麼呢？我會眞糊塗起來，那麼，我就再寫不出來了——）

一語中的，我在過於複雜的材料裡迷了路，拼不出屬於你最好的主角，甚至暈亂間放任你在角色之中消失而去。導演終於放棄了我，當我離開片場的時候，叫做阿崗的攝影師追上我，交給我成捲底片：（也許你該保留這些。）

我也是自然的。）

（呵，你在說些什麼？）

在她醒來之前，我轉身離開了她。

〔丙〕寓言

（你有沒有想過？）阿崗曾經這樣問過我：（既然一切因爲魔法，那麼，當魔法失效的時候，爲什麼那只玻璃鞋還會存在呢？）

我不知道，直到如今也還沒想懂它可能存在什麼合理的邏輯，或許眞是童話布局上的疏失也說不定吧；爲了帶出後來的進展，灰姑娘就一定得留下什麼作爲引子。

拍片仍然繼續著，我只好在這去向不明的故事裡不斷鋪陳情節，轉眼之間，它已經不是原來的童話，而如導演所說是一部寓言：（今天我沒有必要再耗費資源來拍個一成不變的童話，我要你們去試的是從這些衆所熟知的角色與材料裡挖出令我眼睛一亮的新意來。）

我這不誠實的編劇者，在這長串訓話的護身下，虛撰著繁複的語言與行程，工作人員不斷移動，不斷出外景，因爲如今劇本裡的辛朵蕊拉等不到玻璃鞋捧上門來，遂離家去尋找她遺落在魔法世界裡的王子或鞋。從東到西，從山至水，是個人式歷險記，也是個不斷失落的悲劇。我們一行人宛如流浪的戲班子，而主角正是那夢遊的愛麗思。

這是多麼錯雜的想像，很長一段時間，我也的確分不清兩者的區別，對我而言，愛麗思或辛朵蕊拉，都含蘊尋覓與等待的意味。

如此謎底一拖再拖，當愈來愈多人感到疲憊的時候，寓言的意義被質疑了。甚至愛麗思開始哭泣，她說她好累，她說她想回家，她說她不知道是誰把她帶到這裡來。她說她實在厭煩了這個故事。

（爲什麼？）我在阿崗的鏡頭裡溫柔地問她。

（這跟我讀過的辛朵蕊拉根本不一樣，沒有王子沒有舞會沒有玻璃鞋，只有不斷消失的時間，情節又跳來跳去，唉，我實在不喜歡演這種連我自己都看不懂的悲劇。）

阿崗笑了。他從來沒有離開過她。

（愛麗思，你要知道，寫給孩子們讀的童話，時間要不是被魔法改變了，就是靜止不動的。主角經常在故事裡去了另外的時空，可是等到他們歸來的時候，原來的一切都還是不變的。童話的設計只是爲了要滿足小朋友的好奇心或是用來警惕他們，所以，童話故事到最後一定得是個美滿或是懲惡教善的結局。可是，愛麗思，今天我們是在拍一個給成人看的童話，要有眞實的時間感才能說服他們，也只有哀傷的結局才能刺激這些心靈已經麻痹的可憐人。）

（你說得眞複雜。）愛麗思抬起頭：（你的意思是說等到我回家的時候已經不再是相同的午後嗎？喔，不，我一點都聽不懂你在說些什麼。）

（好吧，你先不要想這麼多，不要擔憂，愛麗思，我會保護著你，直到時空眞正使我們分離。）

鏡頭輕輕搖晃，阿崗說話的神情那樣迷人，愛麗思眨也不眨眼地盯著他。

（你不知道我已經愛上你了嗎？愛麗思。）他摸著愛麗思的頭髮：（你在我的鏡頭下才會有生命，你是透過我的鏡頭來說話的，如果我不愛上你，我怎麼能把你拍得這樣動人呢？愛麗思。）

〔丁〕結局

求證諸多路途之後，愛麗思所飾演的這個辛朵蕊拉漸次了悟，王子並不存在，且眼前可見的這個世上，也不存在她所遺落過的那隻鞋。雖然她的確去過那樣一個繁華的舞宴，也的確在過程中特意留過一隻鞋的線索，但是，這一切都消失了，跟隨她所經歷過的魔法徹底地消失了，且那孤伶的玻璃鞋更被遺忘在夢幻與現實的交界。

她蹲在旅地的斷崖上哭泣。

陌生的男子走過來擁抱她，叫出她的名字，不是辛朵蕊拉也不是愛麗思——她搖頭拒絕這樣的身分，但那男子如此倔強，引導她如這世間他無比熟悉：（你不能像愛麗思夢遊仙境般地老是做夢。）他深情且權威地說：（你要回到現實，你不能永不醒來，夢境是不可能永遠持續的。）

然後就下雨了。

這是那場斷崖的外景。

辛朵蕊拉軟弱地哭著：（我在哪裡？）

（特寫，特寫，攝影機靠近一點……。）導演準確地喊起來。

然而周遭並沒有跟上動作，導演詫異地轉過頭：（你在幹麼？阿崗！）

阿崗跳下攝影機，自顧自地走到一旁點起菸來。

（嘿！阿崗。）導演又喊。

（休息一下吧，我累了。）阿崗說。

氣氛一片錯愕，幾秒之後，導演走過去拉了拉阿崗的白襯衫，然後，像困獸般互視幾秒，兩人就扭打起來。

雨繼續下著，不敢勸架的工作人員零零落落如傀儡般站著，直至雨水淋糊了他們的形影，阿崗、導演，在雨霧中流遠了。

愛麗思從哭泣中回神已無人影，或是濃霧已經遮掩了這一切，她心慌地在霧中奔跑，終至腳下一空——

這是很早之前就已寫定的結局。

我們離開了那個片場，愛麗思將在斷崖跌落，我翻著斷簡殘編的劇本，彷彿那個最後瞬間，聽見愛麗思叫喚的聲音：（攝影師！攝影師！）

我和阿崗在街上相遇。天氣很好，一點雲都沒有。

（你有愛麗思的下落嗎？）

（你繼續在寫那個故事嗎？）

我們彼此搖搖頭，也許一切都結束了，雖然劇情片根本還沒拍完。

我們一起去公園裡散了會步，他問我斷崖外景之後愛麗思會去哪裡。

（愛麗思也問過我這個問題。）

（你怎麼說？）

（我說我還寫不出來，我不知道。）

（這是眞的嗎？）

公園裡吹過一陣風，我覺得有點冷了。

（我想我是撒謊了。）

這一切的來由，也就是說，如果有什麼特定的楔子或主題曾牽引我來寫故事，那麼，就是在鏡頭下如此美麗的愛麗思，在夢醒之際，要遭遇的必然已是人事全非的現實了。這是愛麗思人生中怎樣也無法彌補追回的。這是一個天大的謊言，愛麗思在片場間不斷經驗時間的逝去，然而我們只告訴她這是一部童話一部電影，且她是那永遠美麗的女主角。

（這眞是一個天大的謊言。）

愛麗思，我一直無法對你說出口，片場之外的時間是停也不停地在進行的，在我心中，最原始的劇本幾乎只有惡意地設想好你跌落之後的驚醒。那是在一片百貨公司的人潮之中，SALE，SALE，血紅的街景，你將在華廈的明鏡中看到自己枯槁的容顏，你是不相信的，我竟這樣騙了你，年華老去，你完全不再是個小女孩了。

至於其他發生的事，不過是虛增的情節罷了。

所以我黔驢技窮，所以導演不斷地誤解我的意思，所以致使阿崗的鏡頭無法再忍耐下去。然而我們怎樣也沒料到在這荒謬戲劇結束之前，我們就先失去了愛麗思。

因而我們無從拍攝我那惡意的結局，零落的底片也注定是個不能上場的片子，更遑論如何地用悲劇去刺激心靈痲痹的觀衆們。我們只是搞砸了成本，愚弄了我們使用過的時間。

我們何嘗不是在這樣的過程中老去呢？

至於愛麗思，她就只是消失了。

沒有任何說明，沒有任何指向地，從我所在的時空裡消失了。

我尋找著她，依她留在我這現世的種種線索卻仍然一無所獲。一年一

命名者

俗衆萬千，聽者數百，唯我一人，信你不疑。

也許，許多的禱詞或願語，已經不再說了，而過去的宿願，也就只是過去了。

我在清晨裡散著步，雞低低地啼，眼前這個村落仍然存在，仍然叫做塭底寮，我走回家門，看見門戶上也依舊掛著林姓。

一切都還存在，然而這一切也和以往相同，不可盡信。

於是我在桌前坐下，輕輕打出塭底寮這個地名，一個事實上無海無塭亦無水的村落，一個長滿疾病與賭徒的村落，而我正是那林家唯一的女兒。林清秀。眞好聽的名字，我聽見熟悉的聲音。

林清秀。我搖搖頭。明明我眼見食物在溝中腐敗，貓狗在街上流浪，爲何母親日日喚我清秀，林清秀，多麼無奈，生來初始既無命名的餘裕，曉事之後我所等待的命名者總也不來，我遂籍籍無名地度著日子。

直到母親死了。

直到我聽見送葬隊伍囂囂囂談論母親的名字，以及另一些，陌生男人的名字。墓碑上的母親有種淒涼的美，人們說她病危之時咳出了整手巾的血，肺癌，聽起來就像一種逝去的紅顏病。林清秀我那虛歲已經十六，死了母親的孩子還得聽著母親的醜聞送終，偷姦，塭底寮的大人們這樣指著鼻子對我說，一種連長相都猥瑣的字彙。啊，使我喜愛的命名何以總是不來？何以相愛世間盡是殘酷言語？我默默注視塭底寮的黑土一鏟一鏟覆上母親……。

直到我遇見你。

你說，你的名字眞好聽。

彷彿湖面泛起波光，柳葉輕撫，月光婉約。

我知道我是做了夢，因爲塭底寮無溪也無河，只有農田荒敗，房舍頹倒，然而少年我卻一意徒步上行，近親之人路過問我欲往何處，我天眞地答說去找河水，他們就笑著走遠了。這平原上的溪流，數十年來，早已乾涸，他們笑我這沒母親的孩子連這都不知道。我固執地繼續著，身體不斷不斷離開壚底寮，城市一夜一夜穿過我的心，終於我隱然望見河跡，然而，卻是黑水，一群人正圍在河邊打撈跳河的屍體。

我落荒而逃，跌撞之中遺落了自己的名字。

母親歿後隔年，我離開壚底寮，說是去念書，不如說是去流放。流放到無名學校，無名市鎮，滿街的快餐紅茶電動玩具，從來沒有人記清楚課表，記清楚同學的名字，空蕩蕩的教室，連老師都意興闌珊。我少蹺課，也少聽課，呆坐著只是一項清淨的裝飾品。年輕的老師對我說：我喜歡你的名字，不過你的成績太差了。

我不在乎，反正壚底寮子弟從來沒有誰學業有成，我們都是混混賭徒，或是一輩子哀嘆度日的貧乏人，就連我的父母也不曾期待過我什麼，窮人是不指望女兒的。我按月搭車回家，洗衣燒飯倒垃圾，父親並不高興我回家，因為他更恨我要走的時候，星期天中午，他悶然將我叫到跟前，掏出錢來：「你們這些討債鬼。」他總是這樣說，總使我覺得羞辱不已，然而，我的弟弟阿見卻一點不在乎地接過錢去。「有什麼好埋怨的？」他說：「老子養兒子可是天經地義的事。」

阿見是個和我完全不相同的人，黝黑、健壯、俊美，可說承襲母親的所有美貌，宛如天使，不，也許是魔鬼差遣來的天使。同樣生長塭底寮，塭底寮吞蝕了我的少年，然而，弟弟清見卻無憂地享受著塭底寮，舉凡塭底寮折磨我的種種，在他身上全成了自由，爲什麼？有時我眞感嫉妒，清見、清見，多好的名，他何來福分被賜予這世間最好的名？且他天性才該是個無名無姓的人，因爲他囂張已到親人無用名姓無謂。「除了錢和中藥。」阿見這樣薄情地說著父親：「他什麼也不會喜歡的。」我搖搖頭，是不相信，也是嘆息，我冷眼看他把女孩帶回塭底寮，夜夜宿在昔日母親所睡的屋，聲色冶蕩，毫不在乎。

「壞種，全傳了你們母親的壞種。」父親對收著行李的我如此喊道：「錢錢錢，閃遠一點，不要貪圖我的錢。」

我下樓梯看見女孩穿了褻衣坐在床上剪指甲，不過是具年輕的身體，卻因縱慾而顯得疲倦了。她不客氣地注視我，嘟著嘴角，反是離家的我覺得羞慚，看見這樣赤裸裸的實情。寂寥夜車上我想起父親是不是也要看見那女孩青春的肉體，如此覺得悲傷，掩面哭泣起來。

遇見你的第一年，經常地，我夢見母親。

這眞不是件尋常的事情。

我看見母親的背影，在有陽光的廚房裡，或在客廳嘎啦嘎啦踩裁縫車。我叫她，她沒回答。然而，等阿見放學進屋，母親就站起身去擁抱他，如洋電影裡那樣親密地抱，我站在一旁，像隱形人般地看著。

我也夢見母親死了，且是阿見來使我知曉，就如昨夜，他從陽台轉過身來，裸露上背使我驚訝何時他已不是少年，不是那個因母親之死而喃喃啼哭的小男孩。

「母親死了。」他若無其事地說。

我聞言不解，時空錯亂：「怎麼死的？」

阿見沒回答，逕自穿好衣服，轉身要走，滿屋子送別似跟著響起來，裁縫機，嘎啦嘎啦，嘎啦嘎啦。

「阿見，你不要騙我！」我忽然想起什麼，緊追而去：「你別走，我知道是你，是你殺了母親！」我大聲喊：「我在夢裡看見了。」

然後我就在夢的大海裡浮沉，反反覆覆看見母親，母親的棺，盪來盪去，在壚底寮大廟的頂端，盪來盪去，在香火燒過千百年的樑柱上。

好冷好冷。我孤伶伶地站在廟前廣場，聽見嘎啦嘎啦，嘎啦嘎啦，踩著收音機零碎的樂音，母親哼呀哼呀地唱著，今日是快樂的出帆呀，綠色的地平線，青色的海水呀，嘎啦嘎啦。

不認識的男人走進屋裡，母親拿起尺碼帶，比了比胸膛，比了比腰圍，再比了比褲管。

「這是幹什麼？」我大喊：「把我母親放下來，我要葬她。」

一點回音也沒有，我惆悵地轉回家，撞見阿見在沙發裡擠著陌生的女人，我氣上腦門，阿見阿見你殺了母親怎麼還能這樣若無其事？「你為什麼殺她？」我掐住阿見。

「我殺誰？」他甩開我：「你說我殺誰呀！」

「母親母親，你殺了母親。」

「笑話，我媽幾百年前就不見了。」他狠狠地看著我：「我媽早跟野男人跑了。」

我錯愕片刻，繼而嘩啦啦大哭起來，不相信阿見他能這樣簡單說出口，我在夢中不停地哭，不停地哭，不知道是在哭母親還是哭自己……。

經常我醒來眼睛腫痛不已，迷茫茫看不清生活的視野……。

直到你像父親走來安慰我這沒了母親、孤單又孤僻的孩子，落入假扮信者與神祇的舞戲，戲場開始，我還固執記著母親的生日，走在路邊說要去打電話，你攔住我的手說，孩子，你的母親已經死了。

我看著你，不知道你是誰，然而夜裡不斷夢見了母親，年輕的模樣，年老的模樣，甚至死去的模樣。天明之後，我每每追問你是誰，你為何而來，你神情凝重從不回答，只如雕像般地站在那裡，我戲語說若你來到我的眼前是爲指引我走，那麼，也許我不是愛著你而是信著神。

你還是沉默不語，沉默的神祇。

人口外流，破田造路，也許，有一天，這個叫做塭底寮的村落，將會完完全全從地圖裡消失。爲你我已遺落原來的名，若你始終不肯來爲我命名，那麼，我將活著一無標示，我將無法辨認自己，消失一如我過去的村落。

你不說話，僅僅閃爍你的眼神，你說，孩子，不要試探你的神。

我悵悵然走開了，我想，我是開始懷疑著你，懷疑著與你相識的這一切，懷疑著你僅有的言語；或是，我過於思念著你，以致不能免俗地渴望與你相守，而這便打亂我們寫定的戲碼，也違背信仰的基本道理，於是，如同信者希冀神蹟，我便逃不了迷信之苦，於是，你使我頭痛欲裂，你使我歷經惡夜，陌生的路途，眼前全是黑暗，小鬼亂魔勒住我的咽喉：你怕了沒！怕了沒！

我怕，我是怕的，世說云云，你不過一名無情男子，然而，唯我一人，信你不疑。我告訴自己，信仰是一種試煉，一切還要繼續。可是，我的身體繼續阻止著我，它抗拒我所選取的道路，它懊惱地用嘔吐發出聲響。你要封堵我嗎？它說：不服，我不服的。它一聲吐一聲喊：我要求救，我要的就是求救。

我無助地看著你，你捂住耳朵，彷彿流露人情肉身的區域，濕了眼眶，孩子，走吧，我什麼也給不起你。

現世的神祇與信者啊，誰才眞正免於痛苦？

我哭倒在母親的墓前，直到鄰里走過來指指點點。

「那不是林家的女兒嗎？」

「不是離鄉去了嗎？」

「在這裡做些什麼呢？」

起身走出墓場，我想我該回家去，母親死了，我這林家的女兒只該回去向父親求救。家裡大門早關上了，暗廳裡飄滿父親的中藥味，我喊喊他，他抬起頭，那些藥眞是讓他愈來愈肥胖了。

「去把你奶奶叫回來吧，」他說：「該吃晚飯了。」

我走進油漬漬的房間，群人圍聚方桌，油畫般凝重陰暗的色澤。我找了找，七十餘歲的奶奶，諸事俱廢，唯有賭，塭底寮最老的賭手。

「奶奶，回家了。」我走到她的身後，輕輕地說。

「喲，知道回來了，」她不快地回過頭：「今天手氣眞是背。」

我沉默地扶她走回家，步履蹣跚，唉，我聽見她嘆了口氣，天際歸鳥撲撲撲地振翅飛過……。

這世上，最汙穢的相欠就是賭債，最悲哀的需索就是藥費。

奶奶說，怎麼女孩子家老沒個魂？父親敲敲筷子：菜煮得這麼鹹是存心叫我血壓高是不？他說，頭痛頭痛，你就是睡太多了才頭痛！

彷彿痛處盡被戳破，我失卻溫情，後悔空手回家就已不對，竟然我還天眞需索慰藉，於是惱羞成怒，我轉而抱怨起壚底寮種種，甚至詛咒父親過食中藥終將肥腫至病。我用陌生語言在壚底寮咆哮，不是所有疾病都來自肉體，不是所有肉體都企望永生。父親放下筷子，訕然聽著，眼神盡是不解，彷彿我是一個走錯村落的傳教士。

直到阿見摟著女人從屋外進來，旁若無人。父親逮到機會，打斷我：「湊點錢給你弟弟結婚吧。」

我審視陌生女人，大腹便便，她不客氣地捧過碗，揀揀認不出顏色的青菜，再挑挑盤中的肉，然後無所事事地咬著手指，滿桌骨頭屑。

「你身上有多少錢呢？」父親對著我問。

我沉默不語，阿見輕蔑笑開：「我哪用指望她，隨便一次工我就賺得比她多。」

女人迷糊地跟著笑，我的美貌弟弟林清見，果眞履行壯志，當成了他最嚮往的怪手司機，壚底寮新舊建築全被他一手搗毀，女人亦然。年方十八，倉皇爲父。

唯有享樂，唯有破壞，才是正道。父親未老，兒子已經當家作主，塭底寮早已看慣這樣的婚姻，阿見也早有準備，且這不過是他衆多戲碼中的一個罷了，阿見生來就要造反的，而塭底寮，正成就了他的舞台。至於我，從來就不善在塭底寮的孩童之中嬉玩，也不被任何塭底寮的大人所寵愛，甚至在弟弟阿見眼中，我都是一文不值、笑話不堪的姊姊。「你一定要整天這副窮酸相嗎？」他斥責我：「你離開塭底寮又怎樣呢？狗改不了吃屎。」

是的，離開塭底寮又怎樣？阿見永遠就是血氣方剛地向我顯示，在塭底寮，他將造出自己的邦國，如今屬於他的子民就眞要來臨，在過去，在以後，他也會不斷不斷在許多女人腹中播下如此的種。

而我，無衆無徒，甚至還在四處倉逃。

不過是淪亡之邦，敗兵一名，棲回塭底寮的夜，無謂地呼喚著母親，呼喚著你。

我的神，來救我吧，救我精神不要如此蕪雜，救我身體不要如此羸弱，救我能爲壚底寮的故家謀財生利……，否則，我是多麼怨恨著我生命的來處，怨恨著母親的命名，怨恨著我惡美的兄弟……，這些怨恨，總有一天會將我的溫情磨蝕殆盡，那時，所有沉默都將變成暴力，將壚底寮徹徹底底地湮滅在我生命的過往之中——

人口外流，破田造路，這個叫做壚底寮的村落，以及我們衆名衆姓的壚底寮子民將要徹徹底底地湮滅……，神啊，會不會眞有那麼一天，會不會眞有那麼一天——

是你嗎？這些魔障，是你在對我的心靈下著試煉？還是你要用邪惡來洗滌我？這些陌生的詞彙，何以緊緊纏繞著我？我的母親命我以清秀之名，你要與她相抗？還是，這其中另有祕密？神啊，是你牽引我來，不要拋棄我，不要陷我於無名恐懼，不要將我丟棄在瘋病的曠野。

你的名字眞好聽。

如今經常我還夢見你這麼說。林清秀，你又緩緩地念了好多次，直到

「關於上回那個稿子，」朋友說：「坦白說，我是無能爲力的。」

我沒說話，屋裡全是颱大風的聲響。

「最近有個都市情愛故事的系列。如果可以，你要不要寫個幾篇？不過，你要明白，這類故事有它的設定對象。」看我沒反應，他又接下去說：「盡可能寫得通俗一點，我看你最近掉起書袋來了。」

喔？幾乎都不讀書了，還掉什麼書袋？

哎，就是不讀書，才掉書袋吧。

「也好。」我答：「我最近恰巧想開始寫幾篇通俗的爛小說。」

「喔，通俗的東西不一定爛。」他很快地糾正我：「我想你理解上有問題。」

「我的意思是說，我這個人所能寫的通俗小說大約是些爛東西。」

「好吧，隨便你。」他聳聳肩說：「言歸正傳，你手頭上有什麼東西可以給我？」

我也跟著聳聳肩：「還沒什麼像樣的；現實的材料眞是混雜。倒是說說你們要什麼樣的東西？」

「這樣吧，提供妳一個食物鏈的點子；上禮拜從一個詩人那裡偷來的。」

「食物鏈？」

「對，感情的食物鏈。」他爽快一拍：「可以的話，一個禮拜後交稿吧。」

春天般的少女對我說，愛情把我搞得腐爛了。

螢幕上留下這樣的句子。

下過多天大雨的夜，殘留幾丁毛毛雨兜圈不走。橋上三個大圓弧，燈火高聳，映照一路十分美麗。彷彿是第一次，覺得這橋如此潔淨，看似通往迷人他方，而非夜城亂都。

沒有這個住址。計程車司機說：我想我們轉錯彎了。

她獨自下了車，首次張望這座城，沒有大廈，沒有霓虹，只有成片家屋密密縫貼，望不清臉孔的人們游在窗子裡。橘黃色的窗，螢白光的眼。

問了路，在一個修車廠前，冷淡的女人搖了搖頭，等待車底鑽出另一個年輕男人，伸手指：就在前頭，燈口，紅燈口。

就在前方，她再張望，看清身邊河堤森然，隔開所有景色，路蕭蕭，只有車燈，沒有行人。

她獨身往前走，紅燈一閃一閃，直至近了，尋覓的住址在夜色裡跳出來，字體很大，遮也遮不住。

宛若謎底全部揭曉，她再無期待佇立街角，目視相約的人在此會合，來往計程車也在此停下，回家的人走進巷子裡去了。雨悲憫停下，讓她不至於渾身濕透站在那裡。對街牆面滿是兒童塗鴨，牆後是河，高空景色一無阻礙，足以看見來時橋上燈光，閃閃耀耀。

這個夏天，已經一連來了五個颱風，中度，強度，甚至於超級颱風，人心惶惶。昨天才接近的這個輕度颱風，相形之下，並沒有多少人注意，直到深夜雨水密密麻麻地落下來，失眠輾轉我聽見颱風的聲音。

春天般的少女對我說：愛情使我身心腐爛，你來灌溉我新的生息吧。

我如此想著。通俗小說的句子。虛擬的對白。翻轉終夜。

清晨風勢增強，出門之前，我將家窗關緊，深怕狂風吹破了玻璃。

「到哪裡？」計程車司機問。

我說了一個完全相反的地名，家在瞬間完全後退，行道樹在風中狂舞，我在記事手冊上畫了個叉，丈夫的臉孔也在後退，一秒、兩秒、三秒……，最近我漸漸忘記丈夫的臉，忘記他那高聳的五官，忘記他說話的神情，只隱約聽見他說：你要記得回來，我眞不放心你。

當我到達的時候，大樓外頭房屋廣告的紅布條已經被風吹得半落，正危危地拍撞高樓的玻璃，我站在室內，感覺到整棟大樓跟著狂風搖晃。

編輯朋友退還了我的稿子：「有時你就是寫得太隱晦了，你自己眞知道你要寫什麼嗎？」

我沉默不答，不，是還來不及回答，燈光就在忽然間熄滅，角落女聲輕喊：「停電了。」

窗外透著陰陰藍光，映出辦公室裡幾個臉孔不清的人影，直到有人擦開打火機，我看見朋友尷尬的微笑。

「我們也離開吧。」他說。

電梯不能動了，我們徒步下去，十二層樓走起來眞要命，當我們喘吁吁地跌到一樓時，雨勢還是凶猛得很。

你何必到那裡去呢？我問少女：這一切景象，對你而言，不是太殘酷了嗎？

她沉默不答，我又追問：你眞知道自己在做些什麼嗎？

她仍不語。我想這樣不行，打破格式，我來替你說吧。城市是他人之國，白屋是情人之家。你說腐爛正因沉浸多年，心靈破落不堪，自嘲這不過是城都的一種疾病，諸多男女都患此疾而不以爲意，然你卻爲病症所苦，不得喘息……。唉，你不要阻止我說下去吧，我呼喚你來不過爲了一條食物鏈，該死的食物鏈，愛我之人非我所愛，我愛之人非我能愛，是的，正是這樣通俗的故事，衆生男女相慰藉也相吞食的一條情感之鏈，所以我忍心讓你徹夜蹲在窄巷角落，讓你暗夜錯過最後一班車，再無法返家……。

不要再說了，不要再說了。她倏地站起，朝我大聲叫喊。天際泛出一線曙光，零星幾輛計程車開始醒來，她就這樣跑去搭車，任何一輛不知去向的車。

目睹場景我眼眶竟濕，心底痛楚，深覺犯下大忌。我快快攔車回家，颱風已經過境，遍地狼藉。

丈夫等在家裡，我遺忘了約會，使他滿桌同識無以交代。

「你去哪裡了？」

我默聲不答，丈夫皺緊眉頭，苦苦嘆息，我們之間彷彿大樓飄搖，即使颱風已走。

「你就不能把我的約定放在心上嗎？我已經耐心等了這樣久。」丈夫說：「你的心裡到底還有誰？」

我的心裡還有誰？一條不知開端不知去向的食物鏈。我看著丈夫的臉孔與眼神，心如止水彷彿我從來不曾認識過他。我看了看四周，這美麗的家庭，燈光是亮著的，且非常亮，然而，我們，或是丈夫自身，辛辛苦苦堆建起來的高樓竟在一夕之間，或僅僅只是幾秒之間，塌毀——

好一個眼見它起高樓，眼見它樓塌了——

風雨飄搖，狂風打壞了屋子。好個颱風天。

丈夫不再追問，默默入房去睡。我繼續在屋子踱來踱去，反覆想著故事是否還能繼續下去？少女不宜那般造作去訪情人的家，我也不該颱風天這樣四處奔逃，然而是要寫個都市情愛系列，然而是要盡可能寫得通俗一些，或許這樣的情節都還太少了，得交代更多的來龍去脈……。

春天般的少女走上大橋，對情人說：我就要離開你了。情人不語，少女還在背誦，神話裡歐菲西斯去救他的妻離開地獄。切記，一路行去，任何呼喚也不可回頭。

橋端站著另一個男孩，他亦說他的身心因等待而腐爛了，他對少女說我愛你，然而你的心還向著誰？

橋上起無數車燈，擁吻潰堤了淚水……。

夜裡，作夢了，夢到自己寫的大橋，大橋下跑過空蕩計程車，司機竟是丈夫的臉孔。

「把那愛情丟給狗吃吧！」我把稿子丟給朋友：「像不像肥皂劇的對白？」

「嗯，愛情倫理大悲劇。」

「然而，就寫到這裡了。」

「怎麼可以？簡直浮光掠影，不清不楚。」

我沒回答就丟下稿子跑了，我的編輯朋友自有辦法可想，要不他自己去改它，要不他改天就會扔還給我。氣象報告說又有颱風要來，我在雨中招了招手，計程車發瘋似地駛上高速道路，風雨飄搖，橋岸溪水已經暴漲，我低頭看看自己濕透的鞋，像個落魄人。

「台北的書寫圈中沒有正常人。」我記起某個男人說：「你長得美麗，必然守不住書房的孤獨。」

我笑一笑。我一點也不美麗，他眞是太不理解了。

「你記得七等生的《我愛黑眼珠》嗎？」我說。

他搖搖頭：「我沒讀過七等生。」

「爲什麼？」

「不知道。」他又搖搖頭：「我就是沒眞正讀過七等生。」

「那故事是這樣的：男人原在下班後去會他的妻，拎了一件黃雨衣，下雨下雨，全世界淹起水來，男人在樓頂救了另外一名奄弱的女人，不知其然，他把她抱在懷中，他原來的妻子在水的對街拚命揮手，男人卻茫然不理，只因爲他正救著奄弱的女人。」

「你想要告訴我什麼呢？」

「沒什麼，只是想起許多人青年時代讀七等生，如此而已。」

我們就在這裡分手吧。

風雨已經停歇，少女在身後看他走去，很沉靜，不過是走，一時的走。

她看著他在人群中的樣子，離開了的樣子。

直到愈來愈困難，就要看不見的前刻，她忽然警醒起來，不，我看見她奔跑起來——

我猶豫片刻，消掉螢幕……

直到望見他在那裡，彷彿因爲聽見了少女的腳步而停下。

我再坐下來輕輕敲打，冰冷的打字機：

兩人無語，唯聽氣息，他們並肩等待街上的紅燈，越過馬路。

天氣晴朗，然而，離別仍然等在前方。

一九九六年

線路

電話裡你的聲音不似已往，我甚至遲疑幾秒，不能確定線路彼端是否依然是你。你說喂，我答不出聲，你又說喂喂喂，一種難免焦躁而渾濁的噪音。你好嗎？我想說，無來由想起了你。然而費盡力氣我沒發出一絲聲響，淪爲無聊的老套遊戲，我掛回話筒，切斷了線路。

嘟—嘟—嘟——如此線路斷落，我們再度失去聯繫，自蜿蜒纏繞的纜線之中摔落出來。片刻之後，不知你是否會稍稍停頓，辨認想起在這個沒有話語轉換的線路上，曾經是我。因爲你曾經說得像歌唱，當你無來由想起我的時候，便是我在呼喚著你。你還說，即便不吭聲我也認得出你。

我不相信，我一直都不相信，呼喚？曾經面對面都無可奈何，如今千纏萬繞茫茫線路上如何可能呼喚彼此？我把電話切回答錄機功能，決心不再理會這種天涯一線牽的鬼東西。雖然電話鈴聲又響過好幾次，線路忙亂不已，我堅持躲在機器裡說：這裡是2779561，請留言，嗶——。

（嗨，你的答錄機眞酷，我是×××，回來之後給我電話。）

（我是××的×××，收到傳眞了，不過有些地方不清楚，可不可以請你再傳一次？）

傳真機嘰嘰喳喳捲著紙張走了，載滿瑣瑣碎碎的交代，自有該去的地方，留下我隻身站在窗前，踩不到底，彷彿還辨識不出一組沾滿塵埃的號碼，遊蕩於一團語音混亂的線路當中。你，還在線路上嗎？也許我早該丟棄任何有關你的號碼，那該是一群失效的符號了，從電話到門牌，身高與體重，領口袖口以及褲頭，不曾與你相識我就不會知道這些關於你的號碼，不會捲入這些困難的數字遊戲……。

我決意逃開這些魔障般的數字，在這座新的城市裡，四處撒落新的號碼，2779561，一列重新申請，屬於我的號碼，茫茫人海裡這是我新的住所，連著郵遞區號、身分證號、銀行帳號、提款密碼，層層防守，牢不可破，遠遠凌駕於記憶所能及的排列組合。如此，不知情的你，還能辨認出我嗎？自我遷徙之後，你已全然失落有關我的任何號碼，伸手去探將只是一片空無。

你說，你就是喜歡這樣捉弄我。

（哈囉，這是第七次留言了，再不回電我就發函通緝你！）

我抄起話筒，旋即掛斷，就當線路已經完全錯亂了吧。迷宮般的線路，若遠又近誘惑著我，我告訴自己，我已經完全離開了你，該讓你收回你所有的號碼，你的人生，即使我還可能無來由想起你，即便你眞可能呼喚我，即便你再如何粉飾太平地站在線路的那一端……。

其實，更大的可能是，這圈圈纏繞的線路，是根本連個盡頭都不會有的，不會有你站在線路的哪一端，我們不過將被線路上接續而來的訊息，在在地切入且被淹沒吧。如果我偶而在記憶裡撈取你的聲音，那是種年輕而憂柔的音調，而今線路繞接而來的眞的是你嗎？你說喂，所有的電話都說喂，也許很快我也不再能夠辨識出你。我回到自己的電話機上，倒出所有留言，一次又一次撥著不同的號碼，彷彿旅行，在錯雜的線路裡不斷地流放。

（喂。）我對著話筒千篇一律地說：（你找我嗎？）

一九九七年

紅褐色的頭髮

當我初初認得她的時候，在我心中，她不過是個黃毛丫頭。戴著一頂米色的帽子，她說太陽眞大，使她睜不開眼。植物園的荷花開得十分美麗，我領著她在午後的樹蔭之間坐下，然後她開始說話，像個孩子無防備地透露出她的心性，讓我想起過去還戀讀著有關荷花的詩的年代。然後她又摘下帽子，搧起涼來，輕柔的薄袖如此鼓動著我，然而轉過頭去我看見她稚嫩的髮絲，隱隱約約的蛋黃色，於是我笑她還是個黃毛丫頭，不宜揣想這麼多的道理。

秋天靜靜走來的早晨裡，她束起她有些毛渣的髮，像個端莊的大學生，站在巷口。我便車經過載了她，看她彷彿我的孩子一般走進校門，沒入毛渣渣的年輕身影當中。然而她還回頭來望我，我這原地徘徊的人生，於是，我愛了她，有點兒不該，有點兒遲疑，秋風吹起她的髮，拂得我滿臉都是。或許因爲愛情，如花朵因季節綻放，什麼時候她的髮絲漸漸茂盛起來，烏黑如絹，如此晶彩的亮黑色。

我說你的髮色眞美。

然而，她不喜歡這樣的改變，她嫌深重的黑色過於呆滯，且益發濃密的長髮使她在豔陽下看來笨重不已。有一天，忽地她就剪去了滿肩的髮，挺著瘦削的下巴來見我。我忍住驚訝，稱讚她的俏麗，夏天已經來了，她有許多輕巧的短裙，以及好看的小襯衫……我說妳要出門去嗎？她搖頭，我牽起她的手，又說，出去走走也好。

如此，我們開始別離，在相同的都心，或在不同的城市，偶爾她來看我，不斷變幻著頭髮的長度，使我目眩。她問我是否依舊爲她擔憂，神情彷彿我才是她的家。我沉默不語，鏡子裡看見幾絲早生的華髮。她再離去，愈行愈遠。終而某個季節，她回到我眼前的時候，已經儼然一個美麗女子，泛蕩著我不熟悉的裝飾與華彩，然而，我還是喜歡她的，因爲她總是將自己打扮得那麼好……。她對我揮手，在商店的對街，沒有了早年的驚惶，沒有了少女的羞澀，唯一還令我感到熟悉的是，她依舊戴著一頂米色帽子，可是，當越過紅燈她對我迎面走來之時，我看出來那是一頂帥氣的棒球帽，帽沿下她的微笑啊，彷彿已然與我無關，而只是一種城市的禮貌……。

我們又路過植物園，她溫馨地說要進去走走。在樹叢篩漏下來的光線之中，我注意到她的頭髮反射出明亮的光澤，我頓了頓，鼓起勇氣問：你的頭髮是不是變了色？

她俏皮地掠掠額頭的髮，彷彿我是個什麼也不解的木頭人。

我繼續被吸引著，髮絲飄過她的鼻樑，她的額頭，滑顫顫的黑髮裡藏著紅磚的色澤。紅褐色，對啦，大地紅土般的紅褐色。

當我們離開植物園的時候，晚霞中她紅褐色的頭髮，不可否認，展露著一種和諧的美感。我送她上計程車，不再問她住在哪兒，不再送她回家。她的姿影，她的舉止，顯現出一種我不熟悉的美，然而因爲依舊愛著，所以仍然以爲她無比美麗，且她也的確是愈來愈美，會使陌生男子爲她回頭吧……。如此無能爲力的我，既無法開口讚賞她將這些俗世之美表現得如此獨特，又隱隱約約被那些氾濫的美的手段羞辱著……，彷彿有關美麗的種種痕跡，都在暗示我漸漸失去了她，不再能辨認她，或是，我不再能理解她的美，而她眞正是美的，只是，我被遠遠地拋在後頭了……。

然後夜裡我夢著她，巧笑倩兮，變幻著頭髮的色澤，是陽光中的紅褐色，也是夜燈中的暈黃，謊言般的翠綠，或是碧空般的藍色，我親愛的小女孩，如此玩弄著她年輕的髮，使我心愛也使我心傷，人生此去，她或將眞正離開了我，將我再無生氣地放置在她人生故事一個緊鎖的抽屜裡——我就這樣被鎖住了，然而，愛著她的我的心緒還在活跳跳地放縱著啊！彷佛一個宣判，彷佛一顆巨石砸落下來，我別無選擇，噤聲不語，我奔逃終夜，清晨路過鏡前，我訝異地叫出聲，爲她我竟一夕之間白了髮，沒有人會相信罷。天明之後，我也戴上一頂米色的帽子，不爲了年輕，也不爲了陽光，而爲了遮擋髮心那片老去的記憶。我在陌生的城市打電話給她，剛睡醒的她的聲音有些稚嫩，恍恍惚惚的往昔，飄動著美麗的，紅褐色的頭髮。

一九九七年

野鳥

是來錯地方了，我想。

掙扎爬起身，腿彷彿半跛。前方燈光迷濛，我揉揉眼睛，不能相信自己看不清楚前景。只是因爲夜深。我扶住身旁的電線桿，喃喃對自己說：一切只是因爲夜深了。

嘿，你！要像狗一樣夾腿逃跑嗎？

我掉轉頭，方才那個穿花襯衫的男人，岔開腿站著，巨大的模糊。我再揉揉眼睛，分辨出他的眼睛，鼻子，咧開的嘴。

怎樣？還是拳頭有理吧，有種你就別跑。

我繼續盯著他，直到這張不相識的臉漸漸在我眼前失焦、散落，在輪廓隱沒的最後瞬間，一記劇痛完全穿透了我的下腹。

一九九七年，孩子七歲，到了上學的年紀，開始像個小大人，馬路陽光燦爛，熙熙攘攘都是紅書包，黃帽子。

我按下車窗，喊住如蜻蜓飛走的孩子：「不跟爸爸說再見嗎？」

他轉過頭，看著我，然後呆滯地吐出句子：「爸爸，再見。」

爸爸，再見。我喃喃念著。車子跑過紅綠燈口，沒有半點音樂，只有窗外的靜景。我接著轉彎，進入校門，警衛例行地點頭招呼，一切如此堂皇。走進研究室，感到潮水般襲來的疲倦。

總是睡得太少。我給自己沖了咖啡，埋在桌上的書堆裡，望著窗外那一小角綠意，那隻不知名的鳥仍然停在樹梢上整理羽毛。我撥了撥額前的髮，電腦螢幕裡映出自己悽慘的形貌。

不能再這樣吵下去。我對自己說。

然而，有什麼用呢？如何才能教一切停止？

我看著滿桌雜亂的資料，爲長久以來無法專心研究感到心虛，甚至這滿桌文書還是使喚學生去籌措來的呢；我這樣的師長，是不行的。

我試著振奮起來，將桌上的混亂依史事、法理、辯詞、證據等分類理出頭緒。關於一九四五年後國際間這場戰犯裁判，已經花去我十餘年光陰。那些拖延經年的將官，在眼花髮白之際一個個被判成了戰犯，我也因而穩固了身分與職位。他們曾經多麼天眞意氣地要去出征，之後，又多麼殘酷無情地踩踏了戰敗的土地。

「這是時代的罪。」我想像得到，戰犯們可以這樣申訴：「不能只教我們來承擔。」

曾經在課堂上，學生就此論調大大反彈。我很仔細地聽了，但失望的是，即使這麼自由時代的學生，看事情仍然只有那固定的幾面。「各位把戰爭看得太簡單也太惡劣了。」我對他們說：「戰爭毋寧是無情的，不過，我們何不來談談其中有情而有難的部分。」

鐘聲響了，是第二堂課的表示，我得去上課。走到門口，一陣雜沓，女助理迎面走來，對我說：「朱老師，這是你要的升等表格。」

「喔。謝謝你。」我轉身收進抽屜。雜亂的研究桌，縫縫補補的升等論文，老實說，不知怎地，戰爭，裁判，這兩個我反覆多年的主題，近來有些令我心煩；也許今年來不及塡這表格了。

踱上講台，台下喧囂應聲而止，學生圓睜著眼，等候我把錄影機打開。現在學生對文字多半無感，我索性找來影帶當入門教材，兩大皆歡。

今天播的是，西艦東來，扶桑作亂，條約簽訂春帆樓。

影帶沙沙轉著，老舊攝影留下歷史人物玩偶般的舉止，影響一世紀的舉止。這些影像，我重複看過數十上百遍，幾至默背地步。我在暗光裡負手踱步，想這歷史到底在我生命裡留下了什麼，成堆發黃的書籍？一個副教授的頭銜？我回憶昨夜妻子的喊聲：「你不想想，今天這一切是怎麼來的，還虧你就升教授了，你有沒有良心？」

良心。是的，裁判良心何在就是成就我今天歷史工作的根源，而我沒有良心，因爲我搞砸了我的婚姻。

「今天就到這裡，下課吧。」影帶結束，我潦草地走出了教室。

天色昏暗，女學生推開紗門走進來：「看辦公室燈還亮著，我想一定是老師。」

年輕女孩的香水裡總有些好動的體味，我問她有什麼事嗎？她搖搖頭，在辦公室裡東摸西摸，不肯離開。

我遂隨口問她幾個話題，她興致勃勃起來，吐出許多零碎字句，女學生的輕言軟語，入口即化。接著，她問：「花這麼多的時間在這裡，老師不感到寂寞嗎？」

寂寞？女學生的辭彙，我連複誦都感到害臊。我搖頭不以為然，甚至故意流露幾許輕蔑她的表示。雖然我的確是有些情緒的，然而，不是寂寞，不能說是寂寞。

我不搭腔看著窗外的暮色，鳥兒還是不見蹤跡，我不知道牠是飛走了還是隱身林木之間。女學生湊近桌前，臉上有埋怨我的神情。我無動於衷地繼續翻書，幾頁之後，我對她說你該回家了。

「明天，」我說：「倘若有事你明天再來吧，我不能總是在放課後和你聊天。」

一九九七年，妻子三十七歲，她扯下窗簾，掀開外頭萬家燈火的街景。我無言望著。接而她摔壞桌上擺飾。「憑什麼？你憑什麼吭也不吭！」

她尖銳喊：「你心虛了是不？」

我仍然沉默，佯裝我還在觀賞電視，解放軍已經進香港了，衆聲喧囂的前夜。忽而我想起結婚初始在香港度過的時光。妻那時毋寧還是可愛的，儘管我知道我們並不相同。我們來回地搭乘香港九龍之間的渡輪，直到妻受不了那油腥的甲板，而我還繼續徘徊堤岸留戀對岸海市蜃樓般的景象，妻自那時就不斷問我：「你還是愛她的吧？你還是愛她的吧！」

歷史是不可解決的。或許吧。我怎麼這麼天眞。

我們在香港結婚。妻說，你還要多久才會拿到學位？我聳聳肩。她顯得十分焦慮，那時香港幾座島嶼開始瀰漫焦慮的氣息。

「我們回台北吧。」她老這樣說。

我沒理會，只是讓異地的陌生彌補著我們的感情。

「過去的事不要再提了。」我對她說：「我沒愛過什麼人。」

後來她懷了孩子，我們之間改善不少。香港的繁華也回來了，九七還有點遠。

如今一眨眼已經是一九九七年。我們的關係糟得不能再糟。爭吵已經理不出理由，好像這麼多年來，某些衝突已經進化成自動裝置，只需些許的燃料就足以引爆。我無法阻止她的焦慮與暴躁，更可能的情況是，我對她的躁鬱感到極度疲乏，生活因她的躁鬱四分五裂，我愈來愈感不耐。

「你鬧夠了沒？」我站起來。

「不夠不夠，你在等我鬧夠了好跟我離婚是嗎？」她說：「我告訴你，這是不可能的，不可能的！」

我頹然地再坐下來。我總找不著安撫她的說法。也許這就是她最大的病因。我隨她捶我罵我，腦裡再度想起關於香港的回憶。

香港有許多鳥。原本這是使我難以相信的，這麼狹小又這麼擁擠的殖民地，還會留有多少自然呢？然而，那幾年，我經常在鳥鳴聲中醒來，大學滿山都是野鳥。課業之餘，我一走就走遠了，望著那些說不出名字的野鳥出神，有些片刻，朦朧憶起了往昔教我識鳥的女孩，然而念頭一轉，我也就輕易地忘記了。

最近，在夜半，我老聽見一種奇怪的鳴聲。應該是鳥鳴。然而夜這麼深。狼狽走出戰亂後的家，我想去找尋那鳴聲的來處。沿著大街，我端詳幾株僅有的樹木，毫無跡象。

我失望地往前走，想起方才的夜晚，覺得如此荒唐。亂成一堆的書本在妻的火舌中發燙，焦味驚動大廈同樓住戶，他們七嘴八舌地在門外按鈴。

「朱教授，朱教授。」

「你聽聽，你聽聽。」她笑得令我心寒：「朱大教授，你聽聽啊。」

毫無月光。警鈴大作。

我逃離大廈，推開黑暗的門扉，舞孃踢開大腿，這是哪個年代，一具一具過於蒼白的肉體，豐態且羸軟不堪，旋轉，再旋轉……，幻影重重，我說不要了，不要再給我倒酒。舞孃退場，一一走過身邊，我掏出小鈔，接過手去的人徘徊不走，我疑惑抬頭，恍若看見女孩的臉。我揉揉眼睛，聽見怪異的鳥鳴。

「既然戰爭是一種合法行爲。」年輕的辯護士立在擁擠的裁判法庭上說：「那麼，因爲戰爭而導致的殺人行爲就不能視爲一種罪行。」

審判席上的被告神色動了動，我的筆也抖了抖，這顯然違反所謂和平正義，但法庭總有原告與被告，總要各找情理。我走出研究室，往窗外那一小角綠意，往那滿山野鳥走去。

回來的時候，我像聾了耳似地，在研究室埋首做我的戰爭裁判，看我怎樣論斷吧，誰是有罪的，誰是無罪的。離開香港之前，我拿到了我的學位，妻說：「從今天起你要開始看不起我了是不？」我沒說話，飛機降落得很衝動，我們回到了台北，展開一場卡位戰。

誰是有罪的，誰是無罪的。不能再想下去，這樣的時勢——笙歌樂影，活著我彷若夢遊，女人不斷搖著我的肩：醒醒，先生，醒醒啊！我是安娣，可不是你那小情人！

我的小情人。我的小情人早在暴風雨裡吹壞了翅膀。我的小情人摔落在泥濘的黃土之中。戰爭合法。戰犯無罪。暴風雨又是多麼地平常。我舔一舔我受傷的羽毛。撲撲撲地飛走了。

那天夜裡，怎麼我就跟著女人走了。

裁判席上眾目睽睽的被告最終以終身監禁定刑。

我們走過廣場，突然間人影竄動，女人很清醒，燈暗處我就失去了她，只留下一陣拳打腳踢跌落在我身上。

你惹到誰的女人你知嘸！就憑你，憑你這隻！就憑你這軟腳蝦！

彷彿在廣場上槍殺不知名的人，夜很深，科技大城，如此淳靜，沒有群眾圍觀。

一九九八年

晴子

某個不知時日的片刻，收到厚重的包裹，其中有捲錄影帶，以及長長的書簡。

我打開影帶來看，總是有個男主角，有個女主角，片首旋律裡盡是美麗戀人畫面，人生因爲有了你才如此幸福，歌曲反覆詠唱著。

接而我展開信函，若有似無的字跡。晴子，他猶豫地寫：我想，我不要再去看你了。旋律停止，影片陷入開場的沉默，我轉過頭。

晴子。男主角喊了女主角的名字：我們還會再見面吧？

晴子爲難地笑著。夜風由港灣的缺口吹進來，他們站在高架橋下，城市車流不斷地從半空中呼嘯而過。晴子。男主角又說：無論如何，我還是愛妳的。

燈光漸漸地熄滅了。

是個一開始就要離別的片子。多麼奇怪。愛情開端應是所有故事的起源，然後就此美滿收場，要不也該在波折中不斷地延宕，不斷地享受高低潮，等待那或喜或悲的終點。

然而，如此一開始就篤定要離別的片子，還叫人等待什麼呢？

晴子，我想，暫時之間，喔，這暫時是多久呢，或是數月，或是數年，或是這一生吧，我想，我是不宜再去看妳了。晴子，對於我倆之間的境遇，或是關於命運中我們彼此的放置，我是感到無奈的。是的，無奈，如此喪氣的說法，是大大違於我所寄望於妳的人生態度吧。

男主角沿著河岸走回家，低沉的情緒裡迎面撞上一個行色匆匆的女人，滾落滿地玻璃珠。

對不起。對不起。男主角彎身撿拾玻璃珠，好奇問道：這是什麼？

劇情於焉開始。

玻璃珠晶瑩閃亮。女人無邪地說，我急著要去賦予新生的靈魂呢。原來女人是個天使，懷中所抱無數玻璃珠正是這世間每個人的靈魂。男主角滿臉迷離，不明白這樁遭遇是眞是假。可以讓我看看嗎？他說。玻璃珠晶瑩閃亮，映現無數陌生人的姓名、臉孔與命運。忽然之間，男主角張大了嘴——晴子？他在心裡喊出來：晴子！

七月七日晚上七時，死於心臟病發。

算算日子，只剩下一個星期。

怎麼可能？這樣繁華的城市裡，這樣理所當然的美麗與無限。晴子，他想起不久之前的心意：我們還會再見面吧？他感到心口一陣揪痛，怎麼可能？這是實境還是幻遇？

他搖搖頭，不能接受眼前的遭遇與祕密。這不是眞的，他問天使：你是天使，你可以改變它吧？

不，命運是無法改變的。天使說：這是人出生時就被決定好了的。

他癱軟下來，不言不語的痛苦。天使端詳著他的情景，好奇問道：她的死是那麼令你難過的事嗎？

他聞言落下淚來。天使露出更不解的表情：流淚是那樣容易的一件事嗎？流淚是怎樣的滋味呢？

他望著天使，忍不住有點兒氣惱了。然而，天使只是無辜地說著：我沒有流過淚。天使是沒有眼淚的。

晴子，如果我們總在此生渴望一次美麗深刻的際遇，我想我們之間也許是的，然而，也因為這美麗與深刻，所以使妳現時受著相對的痛苦，這或是命運的捉弄，也或是命運的必然；凡人皆苦，飽受追尋之苦，無所追尋也苦，因而不斷流離，不斷惹著塵埃。晴子，當我們相遇的時候，我感到一種深谷的熱度，或是我不能阻止地愛護著你，宛如你是我身上的一部份，宛如我們是血肉的親人，你問我原因，我說不明白，不過，我相信你心裡必然也有些直覺在催鬧著這樣的關連，拈花示意，我們伸開掌心，收受不知來處的命運。

晴子……，男主角吞吐著言語：我有話要跟妳說。

我們不是說好不再見面了嗎？

晴子……。

男主角飽受預知命運的煎熬：晴子，妳最近好嗎？晴子，你要保重身體，晴子，我還是很關心妳的，晴子……。

你怎麼了？

晴子，我們爲什麼要分別呢？過去我們究竟在吵些什麼？

天使飄浮在半空之中，彷彿初次旁觀，這樣具體的場景，這樣眞實的人間悲歡愛怨，天使若有所思。

無論如何，男主角說：下週三之前，我們可以見面嗎？

最後一天的來臨，在A地，無人的足球場裡，他們互擁著告解，過去的偏見與縱容，然而時間並未停止，當A地七時鐘響，晴子果眞如命運所定在男主角的懷中死去，他們兩人像是又回到了眞心相愛的時光，只是，沒有未來了。男主角痛苦地對著走近的天使喊：不要過來！不要過來！

天使遲疑著腳步，原來世間眞有深情也眞有痛苦。有個唯一的辦法，天使臉上不再有甜蜜的微笑，她背叛命運般掙扎地說：在B地，此刻還是下午四點。

男主角凝神傾聽。

這個辦法，可以讓晴子恢復生命，可是，晴子將不再記得你們之間的一切，你也是。你明白我的意思嗎？天使說；雖然你們可以相互活著，但你們仍然是兩個世界的人。

生離、死別、還是永遠相忘？命運與記憶的賭注。男主角猶豫著，天使也拋出所有籌碼。

晴子，我希望，我與你，如此的生命，或許曾經一起從某些地方來，也還要共同繼續去某些地方，倘若我們能夠覺知到這種命運的暗示，任這之間再有百般分離，也都切斷不了我們的關連吧？這樣想，或許你我便能接受現世的阻絕，即便今後數月數年不再與你相見，即便你感情的表層浮現出他人的形影，我仍然相信終末之時，我們生命的餘光將善意地交會，過往的記憶也將在永續的生命之旅中漂流下去，不為人知地牽引我們的命運，讓我們能夠辨識出彼此。

我暫時切掉錄影機，放下字跡不明的書簡，劇情過於輕蕩，而思緒過於沉重了。

我離家出了門，滿街繁華，果眞是理所當然的美麗與無限。天使在哪裡？顯示命運的玻璃球又在哪裡？我在街頭發著愣，直到都會畸形兒喚醒我乞討錢財，我鐵著腳步離開，心中卻爲之大大痛楚，我隱隱然覺得肢體的痛苦，彷彿那畸形兒生命之無理，也彷彿那所謂晴子心事潮水般對我湧來……。

生命漂流，我是你的晴子，還是這畸形兒的至親？

我是誰？

是誰寄了包裹給我？

現世繁華，何以我不明不白，感著生命的暗示與混亂，我渴望知道包裹的來處，生命的憶往。

天使說，死亡只是個步驟，生命將繼續漂流。可是，記憶呢？我想著，過往生命的記憶，是隨現世新生流至我的體內，還是因著生命移轉而完全地抹除了？

我在街頭遊走，猜疑一個不老不流淚的天使是否明瞭人間失落記憶的傷悲。晴子可以恢復生命，天使說：但她將不再記得你們之間的一切，晴子已經忘了晴子，即使她依然叫做晴子。

晴子，你曾對我搖頭，你說，生離之苦可以承受，只是，不能死別。你說，你願忍受至愛如此生離永不相見，也不願在死別中徹底失去對方同時脈動的心，你說這將使你失落人世奮鬥的意義。可是，晴子，如果命運要我們徹底兩相忘地活著，死別是不是不再那麼痛苦？晴子，世上每個時刻每個地方都有生生死死，我們對生死的歡憂事實上來自人際間的關係與感情，否則街頭巷尾隨時可聽聞的生死何以不讓我們痛苦？如果在復活的你的眼中，我不過是個擦身而過的他人，而且我自身也必須失落我們之間的記憶的話……，那麼，晴子，我是過於自私，還是過於捨不得你呢，我竟想面對現世我們之間死別的情境……

我慢慢地走回家裡，街巷一片黯淡，我將選擇放棄天使所施予的唯一辦法。

然而，片中男主角選了那個辦法。限於現世的生死，他放棄彼此的記憶來換取對方無關的生命，一個擦身而過，不回頭的晴子。

場景跳至B地。

一樣是七月七日。

在初次相見的商店前，晴子如多年前那樣推門出來，遇見男主角的車子經過，命運般地拋錨。

不過，這一回，他們兩人只是望望。走幾步，覺得似曾相識，便再回頭望望。終而，還是往前走去了。

男主角繼續修理拋錨的車輛。

而就在晴子所走出來的櫥窗裡，慢慢浮現出一張臉孔，宛若就是那個背叛命運差使的天使，但是，已經是非常衰老的婦人了。

老天使望著窗外的這一切，和多年前男女主角相遇之時，一模一樣的驟雨，一模一樣的等候。可是，過往的一切，就眞地被抹除了，就連天使自己也賠上了樂園的無邪。命運畢竟是不可違抗的吧。老天使想。

（晴子，原諒我這麼說，原諒我們的命運……）

然而，彷彿突來的靈光，男主角像是想起什麼似地，再度回頭一望，憶往的襲來啊，他的眼神如此堅定——

櫥窗裡老天使望此一瞥，臉上初次淌落淚水，片子就忽地結束了。

一九九八年

星期我發現了一處人間仙境，怎麼樣，週末我們去搭帳篷夜釣如何？然後，葉又打電話告訴她；你先不要跟他講喔，我要偷偷邀個大仙去給他算命。

「今天的主角很客氣，並沒有提出質疑，不過，這反倒讓我爲難了……。」說命者蓋上手提電腦，伸個懶腰說：「我希望三位了解，我這並不是作預言。主角或是你們兩位認識主角的人，對我方才所說有沒有覺得不對勁，或是想做補充的地方？」

三人彼此互望，活絡的葉清清嗓子說：「嗯，剛才聽了這麼多，大概就像你所說的那個樣子，眞不愧是大師。至於疑問嘛，嗯，我想，你說他這個人年少性情多感是眞的，但是，你說他始終會有那種激動的熱情，這我就覺得稀奇了。」葉對柯挖苦般地使使眼色，繼續說：「這幾年，我看他根本問題就在原地踏步，對生活變化或新事物的接受度很低，」

「這樣子嗎？」說命者遲疑了一會，轉頭看看她，問：「妳覺得如何？」

她對這突來的提問顯得有點兒慌張且尷尬。柯與葉也一起好奇著她的回答。

「我想我晚到了，不是很清楚知道之前你們所講的細節，所以不知道該講什麼。」

「沒關係，就說說你所認識的他吧。」

「這也很難吧。我所認識的可能只是那麼少。」她的話語裡流露出了什麼異樣的情緒，她感覺到柯的眼光投射在她身上，她遲疑著：「不過，至於葉剛才所說的，和大師所說激動的熱情是同一回事嗎？嗯，我的意思是說，接受變化和熱情好像並不是個性裡的同一回事……？」

「嗯，我也認爲應該是不一樣的。」說命者說：「我指的激動的熱情可能是一種心靈底層的潮流，也許波濤洶湧，也有可能只是厚實的伏流，不過，總是存在著的。」

「這樣說也許也對。」葉說：「我們相識的時候，他的確是很有勇氣的；是吧，那種年代裡選擇反對者的角色。不過，爲什麼如今他這麼提不管時間表上仍排滿了各項行程，他坐在這寂靜的小餐館裡，絲毫沒有要起身的意思。

你該走了。她提醒他。

喝過酒後，葉在街巷裡唱歌，天空落下初春的雨水。就是要這樣，葉說人生就是要這樣：寧可醉著歌唱也不要在月台上嘔吐。柯仍是搖頭，笑一笑，說，眞好，眞能這樣改變自己，那就太好了。葉轉而問她：妳說，這是不是他自己踏不出來。

她默默地走著。她知道柯或許渴望著什麼生命的姿勢，但葉所提議的調整卻是不合適柯的吧。個性即命運。葉能轉而接受各式新的事物，追求具體的快樂，他說：要過得快樂一點，即使是什麼主張也要主張得快樂一點，不要像以前那樣用力地非主張什麼不可，你要知道，我們一天不主張那鬼東西，島也不會因此就沉沒了。然而，柯要的或許不是快樂，也不是什麼主張，他的沮喪來自他面對著他自己，他無感於自己的樣相，更嫌惡著無能挽留自己。他說：哎，被周遭的年輕人討厭了。

堅持與夢想，仍然是在的。柯說：在過去，當我們說出關於島嶼前途預期的時候，從來都被認爲是不可能的，那只是我們的夢想，然而，今天，所有的走向的確依照當時的預期而實現了。這麼說起來，是不是當初懷有夢想的人才是最接近眞實的人呢？是吧，夢是唯一的眞實，多好的書名。可是，堅持與夢想，爲什麼被新的時代新的孩子所討厭了呢？且因著這討厭，漸漸就也不能歡喜自己，不能堅持自己了。

「你們還在啊？」遠方暗處傳來誰的聲音。

他們三人一起望著聲音的來處，凝聽那細索腳步踏過石礫的聲響，直到微弱營火暈照出說命者的臉孔。

「飯後出來散散步呀，順便看你們是否還撐著。」說命者說：「這湖邊的夜可是很冷啊。」

「這才能顯出營火的溫暖啊。」葉說：「我還要跟這湖水奮戰呢！」

他們圍坐火光之前，請說命者喝一杯酒。說命者問：關於熱情，你們後來討論得如何了？

「也沒怎麼討論。」柯說：「倒是憶起昔日熱情而傷感起來了。」

「我就說嘛，他的熱情全都轉成了感傷，當然就要陷在嚴重的中年危機裡。」

「怎麼說呢？總覺得經常爲失卻熱情的生活感到焦慮，然而，一旦面臨到熱切的情緒，精神又大大覺得不安了。」

「所以，是熱情徒然轉成了不安與焦慮吧。」

「所以才找大師來點點他的命運，道破生命原在的困難，讓他能夠泰然自若，放開精神來接受現狀享受生活吧。」

「各位書讀得多，想必比我更了解。」說命者說：「這種不安與焦慮其實正是現代人的主要病徵。」

「呵，講起哲學來了。」

湖面上晶亮浮標陡地下沉，葉跳起來，去拉魚線。然而，或許只是水流的騷動，釣線彼端一無所獲。

「你怎麼會住到這裡來？」柯嘆了口氣，轉開話題。

「任何外地來的人都會這樣問。」說命者笑得很開心：「就好像問我爲什麼會幫人看命盤一樣。爲什麼你們總把這些事想得這麼神祕？」

柯訕笑：「也許是我們所知太少了吧。」

他給說命者再倒了杯酒。

夜色全是寒意，葉仍堅持地站在湖水之中，守護那微細的餌線。

說命者喝完酒再度告別，並熟練地替他們加旺了柴火。

她與柯再度默默坐著，取暖燐燐營火。湖畔無光，看不清葉的身影，唯聽蟲鳴不斷。

「你覺得如何？」他遞給她一杯水。

她依舊沉默。

「我在想，命運是什麼呢？」柯彷彿自言自語似地望著湖水：「命運的遭遇與錯過又是怎樣的情景呢？我怎麼知道？我怎麼面對？我怎麼改變？」

柯轉過頭注視著她，期待她的回答。此刻在他們之間，正溢滿那些熱切卻也不安的情緒。然而，夜色非常深重。

「我不知道。我只是很想安慰你，不要這麼喪氣。」她說：「你所走過的人生仍然是很完美的。」

「然而，之後呢？」

「我不知道。我也不知道命運的情景。」

她沒再繼續說下去。夜風不斷地吹起來了。她沿湖水涉下，柯在身後默默站著。不安與焦慮被一種沉重的沮喪呑沒。夜色無邊。

一九九八年

小原

他一邊扒飯盒一邊看重播日劇，樓梯上方隱約有對男女在交談：要不就這家吧，找來找去累死我了。

請問這兒有幫人印名片嗎？男孩羞澀地問。

有啊。他闔上便當，抹抹嘴，隨手抽張紙：看要印什麼，名字住址，還是什麼頭銜的，寫在這裡。

男孩低頭寫起來，同來的女孩多手多腳在翻他工作台上的各式名片。有沒有什麼樣式借我們參考一下？女孩說。

把資料寫齊，我自然會幫你們排。他一邊接過男孩遞過來的紙，一邊對女孩擺壞臉色：明天下午你們再來看草樣。

29127566。他習慣性地掃過一眼。

男孩女孩隨後選定編號 4014 的荷蘭紙樣，付了三百塊訂金，走了。

又是恐怖的恐怖的，深夜，使他浮躁不安，他老是睡不著，前天他與小原見面，她說他腦子一定出了毛病。

你去做個檢查吧。她邊吃魚邊跟他說話。他盯著她切魚的刀叉覺得痛，他討厭魚。

想想看你這樣多久了，叫你放輕鬆點你又不聽。小原說。

他看著她，覺得她怎麼變得這麼平靜且家常。她忘了他摟過她親過她嗎？他看著她吃魚的模樣想：她忘了他們一起吃過多少頓晚飯嗎？過去，小原的神情裡，總還有些留戀與試探，無論如何，她還用情人的眼光看他。可是，現在，看看她，眼睛安定得不像話，她說出來的那些關心聽起來就像禮貌。沒錯，她不在乎他了，他想，小原大概是有新戀人了。他的腦袋裡一陣亂風刮過，咻—咻—咻，他眞該去看醫生。

可是，話說回來，人的腦子怎麼個看法？送進機器，掃看看長了什麼鬼東西？坐在那兒懺悔說我錯了請讓我睡著吧？他不相信這方法會有效。說起來，使他煩心的事很簡單，忙，就是忙，停不下來的亂忙。他想休息，但若不把體力給折騰到盡，躺下來必睡不著，徹夜東想西想，天亮了拖著黑眼圈更感到枯累。他很累，卻不曉得如何跳出累這種狀態。

小原往昔便知道他這種情況，可是，開口建議他去檢查，倒是第一次。

他瞪著她，狐疑且孤獨，她果真不在乎自己了。他忽然生氣起來。她不知道他這毛病是因她而起的嗎？自從他愛過了小原，他便成爲一隻夜半不眠奇怪的獸。

他隨手抽幾張名片，隨便找個號碼。22158475。他又去拿話筒。不過是惡作劇，看什麼醫生！電話接通了。一聲鈴。二聲鈴。三聲鈴。這個號碼接得快。喂。男聲。他掛斷。這聲音聽起來不好惹。再翻幾張。23698112。27670939。他找一個念起來順口的號碼。這回他記得看名片上的名字，是個女生。很好。再試一次。

喂！

聲音很清楚。

他覺得精神起來。失眠畢竟不孤獨，這麼多人還沒睡。

喂——喂——

最初，半夜他打電話，不過想聽她說聲喂。喂。他若不出聲她便會再多說一聲：喂，請問找誰？他想自己病了，這麼卑鄙齷齪，只爲聽人家聲音便裝登徒子。但她最多就說三次：

喂，喂……？喂——

他一聲一聲辨認她的心思。然後，沉默。然後，掛斷。

其實是他拋棄了小原，事實就是如此，沒什麼不敢說的。

剛開始的時候，他是不好說話，怕被房裡的妻聽見。誰想後來竟能貪戀成病，即便家裡空無一人，他握著話筒，還是一句話都說不出來。小原接過幾次，漸漸知道提防，便不太出聲音，潦草喂幾聲，掛掉電話。再後來，一點聲音也不給，雙方對峙幾秒，喀嚓，沒有了。

他宛如被拋棄般哭出來，哭完自己又忍不住笑，結婚的是自己，又不是小原。更可笑的是，竟然不是小原來糾纏他，而是他不放過人家。

他死心一陣，安安分分做事。名字，地址，電話，粉藍，粉紫，粉紅，各式各樣的名片。店就在學校附近，生意不錯，年輕學生愛擺樣子，一混出點頭銜，就來印名片。晚上癱著沙發看電視消磨至夜半，一部片看完換另一部片，愈晚愈限制級，但頂多口乾舌燥，仍然未必能生睡意。房裡妻已經睡去很久，因著作息時間不搭致，竟全斷了房事，甚至偶爾幾次，他恐怖發現自己竟是不能做了。久了找些色情錄帶來看，年輕時候不容易取的，現在氾濫得到處都是，看到後來不免驚訝外頭男男女女，走到這地下室來印名片的學子甲乙丙，那些拿起電話筒便自然說喂喂喂的人，也都這樣方便容易赤裸嗎？可恨他還是激不起什麼感覺，直到某夜某支帶子某個女人讓他有點專心起來，那極端白皙的皮膚，閉眼掙扎的神情，幾分觸動到他，再仔細看幾眼，忽地他明白了，唉，原來是小原。就像其他演員一樣，女人裝腔作勢閉著眼睛，表情混雜著痛苦與淫蕩。

於此，漸漸也就飽足，只不過守貞似地，費盡心思買到同樣一支錄帶，一次又一次地往下墮落，幾至殘虐呻吟地步。長夜漫漫，孤獨難耐。開始帶一些零碎字條回家，堆在口袋隨手一掏，抽中哪個號碼就撥哪個。

喂。

喂……，

喂——！

有的遲疑，有的果斷，總之掛掉。如果還說些什麼，多半就是罵他神經病，變態，色情狂，再者撂下幾句狠話：有種你再打來試試看。

他沒種，在這種行徑中，他完全承認自己的猥瑣。反正號碼多的是。使他意外的是有些號碼竟陰錯陽差有了回應。某個才打第二次的號碼，對方便認定了他：你是阿中嗎？中？你是阿中吧。你總算打來了，我一直在等你打電話來，我相信你一定會打來的，你不想講話也沒關係，你打來我就好高興了……。

他像播連續劇似地連打了幾次，女孩後來完全以爲他就是阿中，時間一到，她彷彿比他更準時，守在電話旁邊，接起來便是傾訴、自白、告解。她希求他開口，因爲只要他不開口，就是還不肯原諒她。女孩每回必到泣不成聲，他便在那時候掛斷。

或是，冰冷的，對象是誰其實都無所謂的：我不知道是不是你，如果是你的話，那麼，你聽清楚了，我們之間已經沒什麼好談的，請你不要再打來。

也有個猛然發作起來，沒頭沒腦把他罵了一頓的人：你憑什麼這樣打電話，你憑什麼？你憑什麼！難道還要逼得我換電話不行嗎？你夠了沒？你已經毀掉我夠多了，連個電話號碼你也不放過嗎？你到底想怎樣？你到底是想怎樣！

氣到這裡電話就斷了，他把話筒放回去，捻熄燈，爬上床，盯著天花板，聽著妻子的呼吸。是啦，我到底想怎樣？他不知道那個歇斯底里的人要怎麼平復下來，這世上很多人聽起來比他更糟。他不過想聽聽小原的聲音。喂。可他不能總是撥那個號碼。只好這樣瘋人癡漢般亂打，打夠了，準備夠了，好，深吸一口氣，撥那個魔咒般的號碼。

小原，小原，是你嗎？

這一陣子，好幾天了，線路都接不通。嘟，嘟，嘟。他想，電話線應該是被拔掉了。

他沒什麼難過也沒什麼元氣地繼續過日子，做生意，買便當，看新聞，一樣忙，沒有比別人更壞。

結果是小原自己來找他。他剛吃過中飯，正在剔牙。

路過跟你打個招呼。來，請你喝一杯咖啡。她一派輕鬆。

只要奶精，不要糖。他喝得出來，是附近一家咖啡器材店煮出來的。

他邊喝邊打量她的穿著。她看起來沒有枯萎，也沒胖，爲什麼她沒變胖？他不禁納悶。她比以前會打扮，看起來更成熟些，氣色也不錯。

後來你去看醫生了嗎？小原問。

看了。

結果？

除了壓力大還能有什麼說詞？他完全可以說謊：睡眠障礙嘛，就開點安眠藥。

效果怎樣？

嗯，仙丹妙藥，睡得像死人一樣。

小原停了停，一口氣把咖啡喝完，空了手，便又把色紙簿拿起來一頁一頁翻著。

欸，我告訴你。她忽然滑出一種他熟悉的音調：這一陣子，半夜，我老接到不出聲的電話。

那音調聽起來好順，這聲音，讓他幾乎錯覺他們根本從來沒有分開過，像以前那樣對捧著馬克杯，細細碎碎的聊天。

誰這麼無聊？他很自然回應。

就是說嘛，好怪。害我有時候睡著了，還被嚇醒。

這音調眞是太撩人了。他簡直覺得心裡不能安靜。方才那一下子，他眞正生氣哪個人這麼無聊，竟敢騷擾小原。然而，念頭一閃，像是氣球瞬間被刺了針，被鬥敗的公雞——他竟膽敢忘記自己幹了什麼嗎？天啊，他居然攪混了，他是不是眞的該去看醫生？

學生印這麼多名片做什麼？

現在學生可不比從前囉。他給她說明了一頓，她還是搖頭：我名片老是遞不掉，偏偏一印就兩大盒，一盒都還沒用完就離職了。

那拿來送我幾張吧？

哼，搞什麼。我同事說印多印少一樣錢？

是啊，門檻價，不印白不印。

就在這有一搭沒一搭的雜碎話語之間，小原不經意夾入一句：不是你打的吧？

他也好像只是偶然聽見，自然靈巧地，哼了一聲：怎麼可能。

沉默。

忽然間，他就後悔了。這棋局，一個閃神，他下錯了。

小原。是何等聰明的對手。

他按兵不動。起手無回大丈夫。

這年頭，怪人怪事。小原果然收兵回營，每個咬字變得簡短而冷靜。

他打個冷顫。她眞不愛他了，她不用愛他也可以活得很好。

我要走了。她站起來找提包。

回去上班？他也站起來，伸伸懶腰，彷彿坐了很久。

不，下午休假。我要去電信局，把電話號碼換掉。她又搖頭：受不了了。

他站在小原面前，搔搔頭，晃晃腦袋，彷彿等著她收拾東西，等著她離開。小原左瞧右看，找垃圾桶，喝過的咖啡紙杯。他伸伸手，那意思是：給我吧。

他把紙杯捏扁，小原的電話號碼就要作廢了，那個他以爲自己一輩子都不會忘記的號碼。

他這幻想鬼，腦袋出問題的人，在心裡用力搖著小原的肩膀，像獅子一樣吼叫：是的，是的，就是我！你早就該聽出來了！

小原什麼也沒聽見。她要走了。她不是沒給過他機會。這一切，是他咎由自取。

小原不會給他新的號碼，再問也太可恥了，除非他說得出口：小原，讓我們重新開始吧。

他站在她的背後，像個輸掉王的棋手，看著她，一級一級登上樓去。

二〇〇三年

一朵微笑

一九九七年，我在街上撥她的電話，沒有人接聽，連答錄機都不開。

「你還是早點回去吧，這是場無聊的觀禮。」

「我並不是來觀禮的。」夏日公園的游泳池擠滿戲水人潮。我朝她走遠的背影大喊：「我是來看你的！」然而周遭人這麼多，香港人總是這麼多，她愈走愈快，彷彿什麼也沒聽見。

孤獨遊走所有我們曾經去過的地方，蘭桂坊，彌敦道，皇后大道東，麥當奴道，各式各樣華洋夾雜的街名，路面滿滿都是人，五顏六色的巴士與電車，華美時髦菁英或袒胸露背的苦力，時代與歷史從來就不曾改變，不過是易裝成不同的面貌。我看著她，素色洋裝，在香港狂誕的豔麗背景中，顯得那麼孤單輕盈，一陣風吹過，便淡了。

中環，中環，太平山，灣仔，灣仔，銅鑼灣，……回去吧，……回去吧，——我們小跑步趕上油輪，天已經黑，引擎啵啵啵響，船前燈火，船後燈火，九龍，香港，夢一般的燈與火，我想俯下身去吻她，這有限的時間，漂浮的半島，尖銳的對立……。

「為什麼不是你過來？」她使性子：「我不去！我不去！」

我不想留在她的島，她不想去我的島，一樁愛情，兩本護照，我們得學會妥協，才能繼續下去。那一年，我與她在街角遇見，愛得很突然，來不及聽見九七返還確定的消息。之後人心惶惶，我們也跟著口角，未來不確定，生活裡雞毛蒜皮的差異，彼此都很難改變，我漸漸感到灰心了。

「請不要再到香港來。」當她終於這樣說出口的時候，餐廳裡已經熱騰騰播報新政權塡港造陸的新聞，麻將房裡牌客潑辣地探出頭來喊菜：燒鴨！肥腸，咕咾肉！慶祝回歸的牌招霓虹滿街閃爍，我們側身玻璃窗邊，默默飲茶鮮蝦雲吞，傷感又絕情。

若是回頭說起，我與她，不過想談一場放縱的戀愛。「閉上眼睛，從愛先來，不要想，不要想，」她捂住我的眼睛：「未來以後都不要想。」收音機裡反反覆覆舊情調的粵語歌，呢呢噥噥：「聽不懂，聽不懂，」她故意捂住耳朵：「你說什麼我都聽不懂！」我忽然有點鼻酸，她實在這樣孩子氣，這樣美。我撫摸她的身體，星夜涼薄，忍不住顫抖，青春轉眼即將用盡。

香港，台灣，新加坡，美國，加拿大，我們之間，哪裡都想過，終歸海市蜃樓。一夜，她來我的宿舍房下棋，察覺出我故意退讓，哭了。「誰希罕？這樣你我都不痛快！」她向來稚氣而固執，我哪裡不懂呢，可我總也有我的自尊，不甘心，或是其他種種，無關於愛的成分滲進了我們之間，進退去留，口是心非，要我如何才合意呢？

我閉上眼睛，聽見她窸窸窣窣抽鼻子，（未來以後都不要想，）聽見她掃落棋盤一片亂聲，（我愛你。）我站起來把房內收拾收拾，收臉一笑：「這眞是犯不著，不就是談場戀愛。香港如此美麗，一切都會過去，沒有誰能改變了香港，不是嗎？」

她臉上慢慢泛出一朵微笑。彷佛瞬間覺悟了祕密，彷佛瞬間搖身一變成爲一個成熟風豔的女人，妖媚，苛涼，滄桑的美，一朵香港的微笑。

一朵微笑，我們忽然就失去了純眞，彼此猜忌起來，但那實在也不是眞心，不過是無路可走了。

日後隔海我們不通信亦無電話，安安靜靜在新時代裡立業成家，任憑一個海峽，兩座島嶼，翻天覆地的變化。那接二連三火熱流行的伊媚兒、手機、簡訊、視訊對話，之於我們全都時過境遷、英雄無用武之地。偶爾我還因公去香港，機身下降赤臘角的夜晚，一片黑暗，使我幾乎驚心自己是否搭錯了航班。昔日輝煌驚險的啓德機場啊，滄海桑田，夢一場。

沒變的多半還是吃喝，香港可口，一匙一瓢不免引來青春戀情的滋味。行過百貨公司櫥窗花車，**Made in Hong Kong** 漸漸泛了點廉價氣味，書市一片懷舊風，老照片隨處可見。香港，香港，有時她彷彿愈來愈近，轟炸似的旅遊廣告，便宜至極的機票，隨時可去，一種三天兩夜的拋擲，都會色感，放縱，愛與憎；有時也彷彿一步一步走遠，羅文，張國榮，梅艷芳，這些陪我走過青澀年華，也是哼哼唱唱使我能說粵語的人啊，一一地死了。我們一起歌唱，一起追星，一起染病，一起隔離，一起經濟衰退，一起上街抗議；在偉大祖國的光影之間，我們島與島曾經相濡以沫；

在無數無數的人與人之間，我們的確相愛過，如今又全然無關了。

香港，香港，地鐵轟隆隆響，我走過街角，某棟建築物嚴謹的十字架撩起我心中關於她少女的回憶，她曾在那兒稚氣地對我訴說，中學時代唸書的點點滴滴——，那時她的微笑何等清美——

回憶猛然襲來，我初次感到心痛，當代此刻，她在這島上的何處？是否和我一樣漸生華髮？天地不仁，人生芻狗而已。別後經年，我不爲觀禮而來，但也並非爲了尋她。物是人非。香港的人依舊那麼多那麼多，人人皆有聲淚俱下的往事可說。「請不要再到香港來。」我們還能彼此吶喊什麼。靜靜走過繁華的街，……回去吧，……回去吧，小跑步趕上油輪，半島夜景華麗璀璨更勝以往，疲憊推開旅宿房間，蒙頭睡下，無論是她的島，我的島，都已沉沒了。

二〇〇四年

月滿西樓

熱戀是迫人的，時代是古老的，他們之間，總有許許多多的話，不知道怎麼在面對面的日常語言裡說。才掛上了電話，才分了手，便又生出滿腹心思，急急掏出紙筆來寫信，握著筆，一字一字，日復一日，貼上七塊五毛錢的郵票，限時專送，丟進郵筒，甚至自己充當了郵差，不辭千里把信丟進對方的信箱。

那是一份感情的史前生活，也是一個人與人關係尚未變革的史前時代。碧潭邊緣還留著舊時的擺渡人。他與她，總去潭水的對面，城市的背邊，無目的地徘徊。有時候迷了路，摸索回途之際已經黑了天色。擺渡人剛吃過晚飯，咬根牙籤悠悠閒閒地使動著那朝天的船槳。水面月光盈盈，她靜靜的面容，他在心裡估量，昨夜寫給她的信，應該已經在路上，更或者已經抵達她了。

回想起來，他們之間，寫了非常多的信，在那個沒有隨身傳呼，沒有網路，沒有手機，沒有電子郵件的年代裡。張惶而微小的初戀，障礙重重的聯繫。等待信件抵達之前的時光如此難熬，如此猜疑，以致於他們終將抵抗不住一波又一波的現實困頓，一次又一次地相互責難，任憑焦慮把熱情蝕空。

他們默默靠岸下船，換來一兩個遲歸的學生登上這最後的擺渡。當時，他與她，不會知道，不久之後，他們所祕密喜愛的這片邊緣的潭水，將被泥沙填平，潭水上方，將有高速公路橫亙而過，他們將會很難再見彩虹，他們將會形同陌路，這世界，將如同他們在科幻小說裡所讀到的：抽象、冷酷、虛無、無所不能。

科技宛如一陣魔法之風，改變了空間的距離，也改變了人與人的關係。他們分手之際，隨身傳呼正開始流行，即便茫茫人海，依然可以傳送一個號碼到你身邊：是的，是的，就是我在找你！她面對，她使用，這樣的方式，不能說完全沒有驚喜，然而畢竟只能無動於衷。接著是網路，是電子郵件，愈發大的不可思議，愈發大的慾念與滿足。倘若他們還有激情，還有那麼些無窮無盡的話，今日密語傳遞，將可以多麼輕易地勝過，那些往昔念茲在茲的限時專送。然而，一切已無話可說了。

她獨自行回碧潭，見那吊橋也已更改了模樣，唯明月依舊西垂。茶館林立，往事消音，手機卻在身邊響個不停。她接起，她掛斷。新時代她成為隨時可以被找到的人，沒有什麼地方聯絡不到，沒有什麼話必須等到明天再說。當聯繫變得如此輕易，如影隨形跟來的只是無限延長的職業生活。當她變得如此自由，愛情卻反而不在了。

這個月夜，她忽然渴望聽一聽他的聲音，不為了留戀，更不企圖重逢。她只想確認彼此是否還眞正活在這新奇的時代，可就在這一瞬間，她恍然覺悟，他們之間，從來沒有過手機號碼，也沒有留下任何網路地址，他與她，像滅種的史前動物，根本沒有進化過來。月滿西樓，月滿西樓，小船夢一般地隨著水波消失了，她聽見他哼老歌的聲音。神奇的科技魔法，表演了他們的告別，他們之間沒有任何現代的聯繫，一切都過去了。

二〇〇四年

開到荼蘼

彼時除了旗幟尚無其他，他乘著飛機來，穿過雲海，已是他們之間最奢靡的相見。

三個休假天哪裡也沒去，淨在大都市裡逛街迷路，否則就悶在房裡吵架。他總是嘴上說得浪漫，什麼乘火車去海邊小站走走，她聽了就有氣，懊惱他一點不知道這城有多大，去海邊又有多遠。

他不懂她爲什麼愈來愈不講理。他不是不知道她要什麼，但當下現實，能叫他怎麼做呢？如今他就要離開，眼前機場這樣小，這樣破舊，到處肆無忌憚的鄉音叫嚷，這趟旅行恐怕在他們來到這機場之前就已先行結束，他們之間，不僅沒有改善，很可能是更糟了。

時間已經不多，他必須準備驗照登機，他說不出什麼，只握了握她的手：我要走了。

她還在賭氣，不搭腔。

機場很小，小到轉身走進登機閘道只須一兩分鐘。她不知道他是否回了頭。

她繼續站在原地，四下都是飛機都是旅客，從遠方來，向遠方去。關於告別，一個擁抱，一夜酒，一次合照，人們發明了各式各樣的方式。如果他們眞的要告別，難道不能有好一點的選擇？

她的確賭氣，又感到疲累至極，甚至當下有些念頭只想回家，睡一覺。做不到的事，就是做不到。再多的溝通也帶不出實質動作：是的，我知道，親愛的，我完全明白；山高海深的知識也使不上力，動情不過一句：我做不到，請原諒我。所謂愛的力量已經攀過一個波頂，如今只能不成事地往下一個波谷滑下去。

她走到展望台，跟自己道別。沒有飛機，也沒有白色煙線。該離開了，她惆悵地想，畢竟是太晚了。秋天暗得快，霞紅色天邊已經浮出月亮的側臉。她轉身要走；忽而就在此時，眼尾閃過一抹熟悉色彩——那架從故鄉來的飛機，延遲到此刻才起飛，機身在高空打個圓弧，費力轉過一個大彎，朝西南飛去，掠過月亮的邊緣，消失在雲層之間。

從那之後，他沒有再來看過她。她無所謂，也不盼望。她再不想與他同去任何一個機場，但她依然省下所有的錢只為打電話聽他的聲音，也許已經無關於愛，只是排遣不去的怨苦。偏偏他一言不發，連一點點呼吸的聲音也不肯給。她抓著電話叫喊他怎能這樣一聲不吭。她恨他，自始至終保持那傲慢的魔術師姿態，他總以為，他完全知道她的痛苦由哪裡來，該怎麼去，她是他生出來的孩子。

她像個孩子發鬧，他則像個苦惱的父親。這麼多年了，這孩子到底是長不大呢？還是真的變成一個他所不能理解的少女了？他不希望她這樣，但她又的的確確是這樣了。她抗拒他作為父親的角色，她跟他要一個情人。

開到荼蘼花事了，年輕的孩子，真不懂得留幾分餘地。他希望除了愛情之外還有其他，她則以為愛情敗壞了所有其他。一個最後與最初的綻放，到底是誰滋養了誰？誰拿走了那束變出來的花朵？他繼續不吭聲，唯在局面完全失控之際，終於動用了他的權威似地，制止，消音，有幾次他也就這樣掛了她的電話。

她從來不曾再出現於任何一個機場來迎接過他，也沒有任何一班飛機載著她回來。

二〇〇五年

〔附錄〕

散步到他方

黃錦樹

一九八七年十八歲就讀台大經濟系一年級時在《聯合文學》上發表第一篇小說〈蛙〉，即已呈顯出頗爲成熟的小說技藝的賴香吟，大概也可以算是早熟型的小說寫作者吧。過早掌握了小說寫作的基本技藝，使得賴香吟在剛出道時在技術上就已顯得頗爲老成。其後除了〈清晨茉莉〉之外，竟爾近似陷入長久的緘默——聽說是用別的筆名發表了一些作品，卻也近乎埋名隱姓。和年齡相若的若干年輕作者（如黃啓泰、駱以軍、陳裕盛等）類似，過早的成熟意味著縮短了悲傷還沒有來臨之前、而困惑炯炯逼人時底探索的純眞——過早的成熟往往伴之以疲憊，彷彿被淘空了仍然青澀的內在，幾乎逼近只剩下「形式」的孤獨軀殼。而我也曾屢屢感傷於追問，那一些陷入沉默的、早熟的同時代人究竟哪裡去了。

這樣早熟的一代的存在，見證了台灣社會存在著的人文創造的可能，暗示了某種社會條件的成熟。當「大器晚成」型的人還在思索如何開始時，於他們，問題在於如何繼續。如何繼續，即是「如何在這條路走下去」，走向哪裡？相對於那些基本技術成熟後快速投入複製量產博取才名，或者自覺的站在形式舞台上的表演者，我並不願相信緘默或隱姓埋名的這一撮人其實較沒有才氣，或者過早的「江郎才盡」——反過來，其實是因爲他們傾向於凝視自己的內在，是屬於內向的世代，慣於凝視沒有現成形式可資依托的脆弱內在。對於這樣的族類，表演的喧囂和鬧熱的社會議題，只怕都難免於虛無。緘默其實暗示了一種不得不然的沉思，關涉對寫作意義的思考，探尋本質性的事物——因爲稍微早的意識到了寫作本身，成規、形式、文類的意識料必從此相伴，一如宿命的枷鎖，而使得寫作者的每一站初旅總帶著些許「舊地重遊」的悵惘。

也許因爲這樣吧，賴香吟選擇了浪漫主義、存在主義以降對意義的尋覓、對苦悶的排遣的象徵：散步。散步和禁閉，現代情境的典型命題；此在世界的遊盪者，「散步到他方，尋找安然的國度，尋回訴說的意願」《散步到他方》〔（註1），頁九〕。然而「他方」究竟是何處？他方即內在。一種眞實的幻象——不管那是慾望和意志朝客觀世界的投射，還是向主觀界投射的產物（〈旅行〉）。所以在〈旅行〉中回到昔日去過的地方，友儕的家，卻是趕赴一場對方的喪禮；逝者孤獨的走向最終的旅程，而向他方的旅行者內在卻因爲部分被物故的死者帶向另一個他方而永遠的局部凹陷，而爲無物之地——一種被命名爲「無」的存有。它有著不同的形式，都指向一種殘缺。這問題的一端是文類、表達的可能性；另一端是在存，愛與意義的可能性。在不同的作品中，這兩個問題或可分或不可分。以下簡略的談一談。

後者如〈清晨茉莉〉中愛的失落，亂倫禁忌以致無可替代，而阻障了

「正常」的愛的可能；〈營火〉裡說命者口中的「熱情全都轉成了感傷」的中年危機（同時也是書寫本身的「中年危機」）；〈霧中風景〉中尋索的「回憶在我們心上留下的永恆不變的東西」，「一種私密的愛情」然而卻如迷夢般虛無不切實，一切已發生的、未發生的，都化爲不具確定性的「霧中風景」——依賴著一種緩慢的抒情調子，這樣作品的感性形式在「霧中風景」這樣的關鍵詞中，倒也呈顯出可能的問題：在大部分的篇章中，由於過度的耽溺於凝視內在，致使外部細節相當程度的失去它的本色，被內化爲一種帶著霧氣的柔焦景致，化爲心理事實的內部細節。如〈路過〉中那「鑼聲若響」的南城，細節迷失於怔忡散步的憂傷；〈旅行〉中途中所見及其終點；〈命名者〉中的塭底寮……等等，讓外部世界成爲自我的「馬亞」，也近乎等於拒絕了歷史和鄉土的奧援，無法從一個更高的超越點引接一道陽光來驅散認識論上的霧氣，以讓物象本身具有凝視書寫主體的能力。愛，變成了耽溺。

於前者，這本集子中有多篇文章都含著一個「內在的箱子」：一個書寫中，或已完成的文本。書寫的在行爲在那樣的書寫過程中便是對「寫作如何可能」的思考或辯詰。如〈颱風天〉裡對「愛情食物鏈」的痲痹處理，致使環結脫落敘事停擺，以抗拒淪爲通俗劇；〈愛麗絲夢遊仙境〉中因時間要素的加入而被摧毀的童話，關涉的是作爲此在的「我」的存有位置；〈晴子〉中以愛與記憶換取重生的「另一種存有」的方式（或可能）；〈習作的午後〉中那張等待命名的書……。凡此種種皆呈顯出一種殘缺的形式，且多少帶有後設的意味——在這樣的書寫策略下，往往，書寫的可能即是存在的可能，愛的可能，溝通的可能，命名的可能，外在世界的可能——或相反的——不可能。而這一切問題的較大規模的展開，其實見於前一本集子中的中篇〈翻譯者〉，一個絕佳的取材，扣緊語言問題，迄今大概仍是賴香吟最爲成熟的作品。作爲一個重要的環節，不能輕率的被略過。

相對於物自身——事物、感覺之本體，所有的書寫、所有的藝術品已然是第二度的表達。這種情況可以類比於翻譯。翻譯假定了原本存在的必然性（除非是波赫士式的「虛構原文的創造性翻譯」），而翻譯者「一生都在學這個技術，這個需要客觀需要文法需要倫理的技術」（《散步到他方》，頁八五），不論是信、達或雅，其倫理要求往往是翻譯者盡其可能的緘默，像附魔者那樣的貫徹被翻譯者囂囂的意志，或者反之，充分體現終點語言本身的意志。文中反覆思辨著這一技術的極限，表達的可能，愛的可能；有不可譯的，然而也有不必譯的。語言中的深淵似的緘默是不可譯的，而「相愛的人不須語言就會瞭解的」（頁一一七）「（音階之上，倫理之上，更要喜愛）」（頁一一九），眞誠的悲傷，愛——聽起來並不怎麼高明，可是卻比「一切的創造都是不可能的，一切都是翻譯」悅耳而虛誇的單面向邏輯來得眞實而可靠。作家最後回到的是這麼一個顯得「保守」的立場，表達的可能建立在運用情感的可能，翻譯的可能也恰恰建立在對作爲對象物的被翻譯對象的愛。小說寫作的可能因而和書寫者存在的可能取得了同一。然而在這以表達與緘默爲主題的作品中，又可以發現一個現象：小說中的人名、地名都用ABCDE等字母做代號，以抽象的符碼拒絕了命名。這如

〈命名者〉中對於名字的詛咒感和尋求超越是可以類比的。而前者雖然在「翻譯」的情境中非常合理（人名、地名的翻譯往往只能是音譯，猶如代號），在效果上雖然可以讓論題更具有普遍性，可是同時卻也造成外在的細節被內化爲霧中風景。命名可能造成局限，而相對的要獲得歷史、大地、當下現實的奧援，則非如此不可。於存在，那是過早的中年危機；於文類，那是過早的掌握成規而造成的荒蕪感。要避免讓風景全然的陷入內在的霧，似乎唯有嘗試從某處引接一道光；那可以借「命名」這初始的、藉助語言的創造行爲爲總體的隱喻，而到達一個眞正的他方：

命名在召喚（Das Nennen ruft）。這種召喚把它所召喚的東西帶到近旁。但這種帶到近旁（Naherbringen）並非帶來被召喚者，從而把它置於最初近的在場者領域中，並把它安置於其中。召喚當然有所喚來（her-rufen）。它於是把先前未被召喚的在場帶到近旁，但由於召喚有所喚來，它就已經向被召喚者召喚了。喚向何方呢？向遠處（die Ferne）在那裡被召

喚者作爲尚不在場者而逗留。（註2）

（本文作者爲暨南大學中文系教授）

註1：爲賴香吟爲她的第一本小說集《散步到他方》（聯合文學，一九九七）寫的序。後文引〈翻譯者〉頁碼亦據此。

註2：海德格著，孫周興譯，《走向語言之途》（時報，一九九三），頁十。如果願意——當然有點危險——引文中部分的「召喚」可以易爲「翻譯」。

〔後記〕

第一個十年

賴香吟

如果採取一種嘲諷的說法：有些作品宛如曇花一現，作者不過有幸盜取了命運的贈禮，那些天機般的語言，是之後再也寫不出來的。

如果暫且接受這種說法，那麼，這所謂再也寫不出來的，之於我，大約就是像〈霧中風景〉這樣的作品吧。

如果將時間作點區分，從〈霧中風景〉所寫的高中歲月，一個人張開對世界的眼睛，之後，過了二十年。

第一個十年，我沒想過要寫作，但一開始寫也就知道難回頭了。微薄的青春若非霧裡看花就是強迫曝光似地用盡，無視於資質、履歷、安逸與浮華的隨便捨棄，就連生命也未嘗不可以放棄。第一個十年，我自己揮霍掉了我自己。

第二個十年，我得拼回我自己，這比預料難一點，遲遲沒有作好，最後是父親推我一把，在第二個十年期滿之際，他忽然離開了這個我一直感到隔閡的現實世界，而他是一直那樣執著勇敢地要活。這一擊，其情景竟宛如十年前寫在〈霧中風景〉的句子：「彷佛快艇刷過水面，彷佛飛機衝進雲層，暈眩的動能把我摔出軌道；那瞬間，我像是一下子長大成人了。」

這一年，我在這個父親生下我的城市靜下心來寫作，在他常去的公園散步，偶而騎單車行過自己高中上學的路徑，視野清空，霧散去了，死亡野火燎原，燒得乾乾淨淨。我想起了很多事，很多事也逐漸連結起來，原來如此。一切都太遲了。父親與死神作的交易，把我從死亡遊戲裡贖出來，無論如何，就是得活，感謝與盡力。

這本書，是第一個十年的殘影。如果值得留在這裡，那是因爲其中有一種表達的勇氣。這勇氣，要說不知天高地厚也好，青春無敵也好，總之赤裸地寫出了一個人看到世界的最初的模樣，那些感受是新嫩的，在隨後曬開的太陽底下很快就會蒸發消失的。本書曾於一九九八年出版，此次新版除字詞略作修訂之外，刪去一兩篇題旨稍異的作品，另收幾篇遺漏的舊作。

得解決第一個十年，才可能進到第二個十年。某些作品不再寫得出來，與其說是技藝問題，毋寧是階段的更替。《霧中風景》的故事裡，有一種對眞善美（這個詞語如今已經徹底冷落而無味了）的好奇與不放棄，這未必行得通，也未必留得住，後來我們所經歷的旅程也未必能以這樣的方法來說盡。我不得不試試其他，那其中，曇花一現的眞與善與美，誠實與思慮，依舊還是會在，我想甩開它也沒有辦法，儘管現在我說這些字眼已經懂得加上苦笑與戲謔。

二〇〇六年十一月

文學叢書 147

霧中風景

作　　者　　賴香吟
總 編 輯　　初安民
責任編輯　　陳佳琦
美術編輯　　黃昶憲
校　　對　　余淑宜　陳佳琦　賴香吟

發 行 人　　張書銘
出　　版　　INK印刻文學生活雜誌出版股份有限公司
　　　　　　新北市中和區建一路249號8樓
　　　　　　電話：02-22281626
　　　　　　傳真：02-22281598
　　　　　　e-mail:ink.book@msa.hinet.net
網　　址　　舒讀網http://www.inksudu.com.tw

法律顧問　　巨鼎博達法律事務所
　　　　　　施竣中律師
總 代 理　　成陽出版股份有限公司
　　　　　　電話：03-3589000（代表號）
　　　　　　傳真：03-3556521
郵政劃撥　　19785090　印刻文學生活雜誌出版股份有限公司
印　　刷　　海王印刷事業股份有限公司

港澳總經銷　泛華發行代理有限公司
地　　址　　香港新界將軍澳工業邨駿昌街7號2樓
電　　話　　852-27982220
傳　　真　　852-31813973
網　　址　　www.gccd.com.hk

出版日期　　2007年 2 月　　初版
　　　　　　2023年11月　　二版一刷
ISBN　　　　978-986-387-691-5

定　價　350元

國家圖書館出版品預行編目資料

霧中風景／賴香吟著 --二版,
--新北市中和區： INK印刻文學，
2023.11　面；　公分.（印刻文學；147）
ISBN 978-986-387-691-5（平裝）
863.57　　　　112018192